Née pour être liée

La revendication de l'Alpha, Tome un

Addison Cain

Chapitre 1

Elle était arrivée jusque-là… Ses yeux écarquillés scrutaient par la fente étroite entre son bonnet en laine et les multiples couches du cache-nez miteux qui enveloppait la moitié inférieure de son visage. Personne ne semblait vraiment prêter attention à son passage, ignorant la créature dans son manteau nauséabond et trop grand quand celle-ci hésita au pied des larges marches et leva les yeux vers la Citadelle de Thólos. Elle agrippa plus fort le flacon de cachets dans sa poche, se raccrochant frénétiquement à son lien vital, et posa le pied sur la première marche.

Ces deux derniers jours, elle avait avalé un de ces précieux comprimés toutes les quatre heures piles. Alors qu'elle pénétrait dans ce qui était autrefois une zone réglementée, elle aurait dû être saturée par le médicament, son métabolisme et ses hormones bercés dans un contentement artificiel. Une semaine entière de vivres avait été troquée afin qu'elle puisse grimper ces marches sans être réduite en charpie.

Elle n'en était pas moins morte de trouille.

La clameur des monstres à l'intérieur – les acclamations et les sifflets tandis que les siens se voyaient dépouillés de leur dignité, puis de leur vie – lui retournait l'estomac, bien que la remontée acide ait pu être un effet secondaire des médicaments. Déjà en nage, soulagée que d'autres l'aient couverte de tant de couches pour dissimuler ce qu'elle était, Claire prit une toute petite inspiration et se retint de vomir en humant la puanteur de cadavre en décomposition qui embaumait ses vêtements. Puis elle s'enfonça dans le chaos.

Franchir l'entrée fut presque trop facile. Aucune main n'empoigna son épaule pour l'arrêter dans son élan, aucun disciple n'exigea d'un aboiement qu'elle explique sa présence. Au contraire, le trou noir ne semblait que trop disposé à l'aspirer. Passé le seuil, l'air empestait l'homme ; un mélange âcre d'Alphas agressifs et des Bêtas les plus violents, qui étaient venus grogner et japper sur ceux qui constituaient le divertissement du jour.

Des actes de naissance jonchaient le sol ; des parchemins couverts d'empreintes là où des bottes cruelles avaient piétiné ce qui avait un jour représenté une vie. Un véritable tableau de chasse des noms rayés des registres. Les bouts de papier éparpillés s'étaient mêlés aux tracts, avis de recherche et détritus abandonnés.

Plus elle s'enfonçait, plus les salles étaient bondées, remplies par une horde de citoyens et par la racaille indésirable de la Crypte, libérée le jour où la terreur avait assailli Thólos. C'étaient des voyous qui s'étaient ralliés à la bannière du conquérant du Dôme, des hommes qui avaient le pouvoir d'agir à leur guise. Des hommes *encouragés* à agir à leur guise. Des hommes maléfiques.

Elle devait se hâter. Elle était certaine que, si la foule compacte découvrait ce qu'elle était sous la crasse nauséabonde qui l'emmaillotait, elle connaîtrait une mort horrible, et tous les siens seraient condamnés à mourir de faim. Un pied après l'autre, dos rasant le mur et jetant des regards furtifs à la ronde, Claire contourna l'attroupement et pria pour passer inaperçue.

Le mâle que Claire cherchait avait la réputation de se tenir là où tous pouvaient l'atteindre. Là où tous pouvaient voir qui détenait le pouvoir, afin qu'il puisse tuer tout opposant – si les rumeurs disaient vrai – à mains nues.

Il aurait été bien impossible de le rater.

L'ordure qui avait l'audace de se faire appeler « Shepherd » était immense, le plus grand Alpha qu'elle ait jamais vu. Sans oublier les marques Da'rin. Claire ignorait tout de leur nature, mais celles-ci tourbillonnaient sur sa peau bronzée telles l'extension de son immoralité – bestiales, contre nature. La complexité des dessins attirait le regard sur ses bras musclés, mettant en garde tous les curieux contre la perfidie de leur porteur, indigne de confiance.

Avant la chute de sa ville, porter ces marques noires mouvantes à la surface avait été complètement illégal – le châtiment : l'exécution. L'homme était un bagnard de la Crypte, celui qui avait libéré les indésirables, et le monstre responsable de la souffrance des siens, ainsi que des cadavres qui s'amoncelaient dans les rues de Thólos.

Claire déglutit en avançant discrètement, et choisit plutôt de regarder le disciple en armure à qui Shepherd adressait un hochement de tête ; un Bêta marqué Da'rin, à en juger par son apparence. Ce furent les yeux bleus et perçants de cet homme qui remarquèrent son approche discrète. Même si qualifier Claire de frêle était une façon délicate de la décrire, d'après son expression, le Bêta la considérait comme insignifiante… une moins que rien. Il détourna les yeux et l'ignora.

Sans cesser de serrer ses cachets, son talisman contre le mal, Claire marcha droit vers les deux conquérants en pleine conversation. Cherchant à attirer l'attention de l'Alpha, elle buta sur les mots :

— Je dois vous parler, s'il vous plaît.

Shepherd ne lui accorda pas un seul regard, ignorant ouvertement la femelle emmaillotée dans ses vêtements puants.

— C'est très important, essaya-t-elle un ton plus haut, son regard sincère, son désespoir et sa terreur apparents.

Combien de fois cela lui était-il arrivé dans sa vie ? L'indifférence totale, le rejet flagrant...

Claire poussa un soupir frustré et serra encore plus fort ses comprimés. Debout telle un arbre, un jeune plant dans une forêt de séquoias, elle patienta et l'observa. Il était hors de question qu'elle reparte avant d'avoir pu parler avec la seule personne qui avait le pouvoir de les sauver. Il voulait être un chef, il voulait régner... Eh bien, elles avaient besoin de manger. L'amour-propre avait ses limites. Au fond, elle avait toujours su qu'il ne les maintiendrait pas en vie, aussi était-elle venue demander l'aide de Shepherd.

Les yeux braqués sur l'homme, le plus grand de la salle – peut-être du monde entier –, elle attendit pendant des heures. Il lui était difficile d'ignorer ce qui se déroulait autour d'elle. Les pleurs des anciens puissants, réduits à de pauvres hères larmoyants, amenés là pour *répondre de leurs actes*. Claire n'était pas sûre de quels actes ils devaient répondre exactement. Tout ce qu'elle savait, c'était que ceux qui avaient la malchance d'être traînés jusqu'à la Citadelle étaient exécutés, peu importaient leurs suppliques, leurs pots-de-vin, leurs lignées... Rien comptait aux yeux de l'assemblée. Pas même la culpabilité.

Les ténèbres tombèrent. Claire prit son mal en patience. Inspirant toujours par petites bouffées, elle tint bon même si elle rêvait plus que tout de s'enfuir en hurlant. Elle prétendit qu'elle ne venait pas d'entendre un inconnu se faire condamner à être écorché vif *afin que le monde puisse voir de quoi il était fait en dessous*. Il se faisait si tard, son triste courage lui semblait si vain... Pas

4

une fois ces yeux d'argent ne s'étaient tournés vers elle. Pas une seule fois.

Claire avait espéré que sa détermination lui vaudrait au moins un regard de la part de Shepherd, comme son disciple l'avait fait, et lui donnerait une chance de plaider sa cause. Pourtant, plus elle attendait, plus son cœur s'emballait. L'espace d'un instant, l'odeur lui donna même envie de vomir – pas seulement celle de ses vêtements, mais celle de tous les Alphas en furie dans la salle –, et elle sortit ses cachets. Agissant le plus vite possible, elle ouvrit le flacon et happa un petit comprimé bleu entre son pouce et son index. Elle appuya son petit doigt ganté sur le cache-nez souillé et l'abaissa juste assez pour pouvoir glisser le cachet entre ses lèvres. Lorsque celui-ci atterrit sur sa langue, Claire s'efforça de produire assez de salive pour l'avaler.

Il accrocha son œsophage sur le passage, ce qui la fit tressaillir, puis grogner lorsque le contact du précieux médicament avec son estomac vide manqua de le faire remonter illico. Ses doigts réajustèrent rapidement la laine pour couvrir autant de peau que possible, remontant le vêtement nauséabond sur son nez et sur sa bouche... Et ce fut alors que tout dérailla.

L'air lui-même changea, et une étincelle de peur instinctive annonça l'avènement de son pire cauchemar. Shepherd parut soudain étrangement immobile, au point qu'elle put entendre les os de son cou craquer quand il tourna la tête de quelques degrés dans sa direction.

Transpirant abondamment, se sentant malade, Claire ouvrit la bouche dès qu'elle perçut son attention :

— Je dois vous parler.

Il avait beaucoup tué. Même à travers les couches de tissu qui enveloppaient son visage, elle pouvait le sentir ; il était plus puissant que les autres, pour sûr.

Cependant, son regard était bien plus terrifiant que les marques Da'rin. Du mercure liquide, dur, impitoyable, semblait voir clair dans son jeu et la dépouiller de son déguisement. Les épaules tombantes, Claire sentit son estomac brûler – élancement qui se mua en crampe douloureuse, ne laissant dans son sillage qu'une terreur totale.

Elle avait fait tout ça pour rien.

La respiration hachée, chancelant comme si ses jambes étaient incapables de décider par où s'enfuir, Claire murmura sous cape :

— Non, non, non… Ça ne peut pas arriver.

Elle ignorait comment, mais tous ses préparatifs et les cachets n'avaient pas suffi. Il y avait bien trop d'Alphas, trop de leur odeur dans l'air, et elle était entrée aussitôt en chaleur. Elle pouvait déjà sentir la cyprine s'accumuler entre ses cuisses, son odeur, si imprégnée de phéromones qu'elle ne pourrait être masquée par l'épouvantable pestilence dans laquelle elle s'était drapée à dessein. Toutes ces heures durant lesquelles elle avait cru que son malaise était dû à la privation de nourriture, aux relents de putréfaction et au poids du manteau… Comme une imbécile, elle était restée dans l'antre des loups alors que les signes s'accumulaient : nausée, rythme cardiaque accéléré, fièvre… Et le plus grand des loups la transperçait à présent du regard.

Claire avait enfin attiré son attention, mais tout avait été en vain.

Elle délirait déjà, paniquée. D'une voix fêlée, le ton accusateur, elle lança :

— Je voulais juste vous parler. Je n'avais besoin que d'une minute.

Ce désir insatiable – celui contre lequel elle avait lutté toute sa vie – la fit trembler et se préparer à fuir, mais c'était déjà le branle-bas tout autour. Elle essaya de retenir sa respiration tandis que les Alphas reniflaient l'air comme des limiers. Bloquant sa mince tentative de repli, Shepherd lui fit face et la fixa de ses yeux ronds et perçants de prédateur.

Ce fut son attention – l'attention qu'elle avait cherchée pour sauver les siens – qui attira d'autres regards dans la salle. Ce satané liquide recommença à s'écouler entre ses cuisses, saturant le tissu de ses sous-vêtements, annonçant qu'une rare Oméga était apparue de nulle part et qu'elle présentait des signes de chaleur.

Il y aurait une émeute, un bain de sang tandis qu'ils se l'arracheraient… avant de la prendre à même le sol en marbre crasseux.

Une nouvelle vague de crampes la contraignit à se plier en deux. Ses pupilles grignotèrent lentement ses iris verts jusqu'à que seul demeure un rond noir entouré d'un anneau émeraude. Un rugissement retentit derrière elle. Des poings se refermèrent avec force sur son bras. Elle hurla, et la frénésie éclata.

Les Alphas étaient dominants. Ils éprouvaient un besoin animal de s'accoupler avec une Oméga en chaleur. De la retenue, ils en possédaient aussi… Mais pas les monstres présents dans cette salle. Pas le genre d'hommes qui s'étaient ralliés à la cause de Shepherd. Pas ce que les hommes de Thólos étaient devenus depuis que ce fumier avait envahi la ville. Elle serait violée jusqu'à ce qu'elle succombe. Elle pouvait déjà sentir quelqu'un lui arracher ses vêtements.

Ses réactions corporelles, Claire ne pouvait les empêcher. Les grognements et aboiements ne firent que générer davantage de mouille et lui donnèrent la folle envie d'être prise... mais pas par les bêtes qui rampaient dans cette salle.

Un hurlement si assourdissant qu'elle dut se couvrir les oreilles la secoua jusqu'aux os. Il y eut des bruits de lutte, des coups de feu, et Claire se recroquevilla instinctivement sur elle-même.

Luttant contre sa réaction, forçant son corps à se redresser pour pouvoir faire davantage que repousser les mains qui l'agrippaient, elle ouvrit des yeux aux pupilles dilatées et se prépara à fuir. Ils la pourchasseraient, elle le savait. Les Alphas étaient plus forts, plus rapides et, puisqu'elle était cernée, l'un d'entre eux l'attraperait. Mais, au moins, elle aurait essayé.

Claire ne s'était pas attendue à l'amas de corps qui jonchaient déjà le sol. La vue de tant d'hommes brisés la pétrifia, et c'était tout ce dont il avait besoin. Instantanément, un bras aussi épais qu'un tronc d'arbre s'enroula autour de sa taille, et elle fut transportée, pliée en deux, sur l'épaule assurée d'un homme qui faisait valoir son droit... de vainqueur de la bataille. Des grognements et des cris résonnaient dans la salle, ainsi que les gémissements de douleur des rares hommes à terre qui avaient la chance d'être toujours en vie.

Elle vit des bottes de combat et une armure familière, visiblement forgées à partir de pièces de récupération, gainer des cuisses épaisses. Shepherd. Remerciant Nona pour l'écharpe horrible et méphitique qu'elle avait préparée, Claire lutta contre elle-même, résista à la tentation de le renifler et fit de son mieux pour répéter le mantra qui lui avait permis de surmonter ce cauchemar par le passé. *Ce n'est que l'instinct.*

Elle devait lui parler et résister à ses basses pulsions...

Crois-tu qu'il résistera aux siennes ?

Cette pensée la fit vaciller, réaction qu'il prit sans doute pour de la soumission et non son pendant, le désespoir. Claire perdit toute notion de distance et de direction, et ne remarqua que la pénombre croissante et l'étrange sensation de s'enfoncer sous terre. Dans sa tête, elle répéta en boucle ce qui devait être dit, se jurant qu'elle le dirait. Même s'il entrait en rut, elle le dirait.

Même s'il la tuerait, elle le dirait.

Une porte aux charnières métalliques épaisses fut ouverte, bruissant comme elle s'imaginait que bruissaient les portes dans les sous-marins de l'ancien monde, dont elle avait entendu parler dans les livres, et ils entrèrent dans une pièce.

Chaque inspiration, même à travers le cache-nez infect, était saturée par lui, par le musc entêtant du chef des Alphas. La main pressée sur sa bouche et son nez, elle sentit son corps se tortiller malgré elle et se reconcentra sur ses petites inspirations superficielles de contrôle.

Une fois posé sur le sol, son corps fut pris de convulsions. Les crampes soutirèrent un grognement de douleur à la femelle. Elle voulait – non, elle avait *besoin* – de glisser sa main entre ses cuisses. Mais l'odeur de chair en décomposition lui retournait l'estomac, alors même que la délicieuse odeur de la tanière de l'Alpha la rendait folle.

Elle lutta contre l'envie irrépressible d'écarter les jambes et de se caresser. Ses mots brouillés par le désir, ses phrases entrecoupées de petits grognements, elle haleta :

— Nous sommes affamées… Les Omégas ont besoin de nourriture… On m'a envoyée pour vous demander de nous aménager un lieu sûr où nous pourrons nous procurer notre ration avant que nous ne mourrions toutes.

Elle le vit verrouiller la porte avec un verrou si épais que sa cheville en paraissait petite, piégeant et acculant l'Oméga pour l'accouplement. N'étant pas sûre que Shepherd ait entendu, elle s'éloigna du mâle en poussant avec ses pieds, jusqu'à ce que son dos heurte le mur, et réessaya :

— À manger… Nous ne pouvons plus sortir… Traquées, forcées. Ils nous tuent.

Elle leva ses pupilles dilatées vers le mâle intimidant, le suppliant de la comprendre :

— *Vous* êtes l'Alpha de Thólos, vous détenez le contrôle… Nous n'avons personne d'autre vers qui nous tourner.

— Donc tu es bêtement entrée dans une salle remplie de mâles féroces pour demander à manger ? se moqua-t-il, ses yeux cruels malgré son sourire.

Les horreurs de cette journée et la frustration sexuelle de ses chaleurs poussèrent Claire à lever hargneusement la tête et à croiser son regard.

— Si on ne trouve pas de quoi manger, je suis morte de toute façon.

En voyant la femelle grimacer à cause d'une nouvelle vague de crampes, Shepherd gronda – une réaction instinctive face à une Oméga prête à l'accouplement. Le grondement, empli de la promesse de tout ce dont elle avait besoin, élança Claire directement dans son bas-ventre. Son deuxième grommellement, plus sonore, résonna en elle, et une vague de cyprine chaude trempa le sol sous son sexe enflé, saturant l'air pour l'aguicher.

Elle n'en pouvait plus.

— Par pitié, arrêtez de faire ce bruit.

— Tu résistes à ton cycle, gronda-t-il, un son grave et abrasif, en faisant les cent pas sans la quitter des yeux.

Balançant la tête d'avant en arrière, Claire se prit à murmurer :

— J'ai vécu une vie de chasteté.

De chasteté ? C'était du jamais-vu… une rumeur. Les Omégas étaient incapables de résister au besoin de s'accoupler. Raison pour laquelle les Alphas se battaient pour elles et s'appariaient de force afin de se les approprier. Leur odeur à elle seule suffisait à faire entrer n'importe quel Alpha en rut.

Il gronda de plus belle, et les muscles de son vagin se contractèrent tant qu'elle gémit et se roula en boule par terre.

Il était déjà suffisamment difficile de traverser l'œstrus en s'enfermant seule dans une pièce jusqu'à la fin du cycle, mais ce fichu grognement et l'odeur qui imprégnait ses narines malgré la puanteur de ses vêtements la décomposaient de l'intérieur.

— Combien de temps durent tes chaleurs, Oméga ?

Ses paroles humiliantes la forcèrent à ouvrir les yeux pour voir la bête immobile, son immense érection apparente malgré ses couches de vêtement.

— Quatre jours, parfois une semaine.

— Et tu les as toutes vécues dans l'isolement au lieu de te soumettre à un Alpha pour les briser ?

Prise de frissons, adorant soudain cette voix rauque et lyrique, elle serra les poings pour résister à l'envie de l'appeler à elle.

— Oui.

Il la mettait en colère, la rendait furieuse, même, avec ses questions idiotes. Chaque fibre de son être lui criait qu'il devrait la caresser pour soulager son manque. *Que c'était son boulot !* La main couvrant toujours son nez et sa bouche, Claire siffla d'une voix essoufflée et courroucée :

— C'est mon choix.

Il se contenta de rire ; un rire cruel et gras.

Les Omégas étaient devenues exceptionnellement rares depuis les épidémies de peste et les guerres de réforme qui avaient suivi un siècle plus tôt. Elles étaient dès lors devenues une denrée précieuse que les Alphas au pouvoir accaparaient comme si c'était leur dû. Et, dans une ville débordant d'Alphas agressifs comme Thólos, elle s'était retrouvée piégée : obligée de vivre en prétendant être une Bêta juste pour éviter de se faire maltraiter, de dépenser une petite fortune sur des suppresseurs de chaleurs et de se barricader avec les quelques rares autres abstinentes de sa connaissance lorsque survenaient leurs chaleurs. Elles avaient réussi à vivre cachées à la vue de tous jusqu'à ce que l'armée de Shepherd jaillisse de la Crypte et abatte le gouvernement. Leurs cadavres pendaient toujours de la Citadelle comme des trophées.

Claire avait été contrainte de se cacher dès le lendemain, quand l'agitation avait encouragé les plus bas échelons de la population à s'emparer du pouvoir. Là où l'ordre avait régné, soudain, Thólos ne connaissait plus que l'anarchie. Ces hommes ignobles s'étaient appropriés toutes les Omégas sur leur passage, tuant partenaires et enfants pour ne garder que les femmes – afin de se reproduire avec elles ou de les baiser jusqu'à ce qu'elles meurent.

— Quel est ton nom ?

Elle ouvrit les yeux, soulagée qu'il l'écoute.

— Claire.

— Combien y en a-t-il comme toi, ma petite ?

S'efforçant de regarder un point sur le mur au lieu du grand mâle et de l'endroit où sa sublime queue dilatée faisait pression contre sa braguette, elle tourna la tête en direction du lit où son corps désirait faire son nid et fixa d'un air affamé l'amas de couvertures et d'oreillers colorés – un lit où tout devait être saturé par son odeur.

— Tu perds ton impressionnante concentration, ma petite, l'avertit-il en poussant un grognement prolongé. Combien ?

— Moins d'une centaine…, répondit-elle d'une voix fêlée. Nous en perdons chaque jour davantage.

— Tu n'as pas mangé. Tu as faim.

Ce n'était pas une question ; cependant, c'était son appétit pour *elle* que trahissait la vibration de son timbre grave.

— Oui…, siffla-t-elle, presqu'un gémissement.

Elle était si près de le supplier, et ce ne serait pas pour de la nourriture.

Le long grognement de la bête généra un écoulement de mouille qui la trempa tellement qu'elle se retrouva assise dans une mare glissante. Pliée en deux, frustrée et en manque, elle sanglota :

— Je vous en prie, ne faites pas ce bruit.

Et, immédiatement, le grognement changea de ton. Shepherd se mit à ronronner pour elle.

Il y avait quelque chose de si infiniment apaisant dans ce bourdonnement bas qu'elle soupira tout haut et ne recula pas face à son approche lente et mesurée. Elle l'observa avec attention, ses immenses pupilles dilatées un signe certain qu'elle était sur le point de basculer dans l'œstrus.

Même quand Shepherd s'accroupit, il la domina de toute sa taille, tout en muscle et sueur musquée. Elle essaya de prononcer les mots « *ce n'est que l'instinct* », mais s'embrouilla tellement que leur sens fut perdu.

En commençant par l'écharpe, il déroula les couches qui souillaient ses merveilleuses phéromones, ronronna et la caressa chaque fois qu'elle geignait ou se trémoussait nerveusement. Lorsqu'il la tira vers l'avant pour lui ôter son manteau pestilentiel, les yeux de Claire se retrouvèrent à hauteur de son érection maintenue captive. Son nez découvert renifla automatiquement le renflement de son pantalon. À cet instant, tout ce qu'elle voulait, tout ce qu'elle avait toujours voulu, était de se faire baiser, de sentir son nœud et de s'accoupler avec ce mâle.

Ce n'est que l'instinct…

Shepherd nicha son visage dans le creux de son cou et inspira longuement, puis grogna quand sa queue palpita et commença à perler pour la satisfaire. Il était entré en rut, et rien ne changerait ce fait, pas plus que le besoin impérieux de voir la femelle remplie de sa semence, de soulager ce qui la poussait à se frotter contre sa propre main avec une telle frénésie.

— Vous devez m'enfermer dans une pièce quelques jours…, haleta-t-elle, ses mots presque inaudibles.

Un sourire carnassier étira les lèvres de Shepherd.

— Tu *es* enfermée dans une pièce, ma petite, avec l'Alpha qui a tué dix hommes et deux de ses disciples dévoués pour t'amener ici.

Il caressa sa chevelure, car quelque chose en son for intérieur lui disait que ses mains pouvaient la calmer.

14

— Il est trop tard, à présent. Ta chasteté rebelle est terminée. Soit tu te soumets volontairement à moi là où je peux soulager tes chaleurs, soit tu peux sortir par cette porte, là où mes hommes te prendront sans doute à même le hall dès qu'ils te sentiront.

Sur ces mots, quelqu'un frappa à la porte. Shepherd se redressa de toute sa stature et la toisa d'un regard qui exigeait qu'elle se soumette et lui obéisse sans détour. La domination ayant été établie, il s'approcha de la porte et la déverrouilla. Claire vit le même soldat, le plus petit Bêta aux yeux bleus bien trop vifs, et le surprit en train de renifler l'air dans sa direction, de plus en plus excité par le mélange capiteux de phéromones secrétées dans l'air par sa cyprine et par sa sueur.

Shepherd avait raison. Il l'avait sauvée de ce qui aurait été un viol collectif, lui avait évité la maltraitance et, plus que probablement, la mort. Il l'avait écoutée, même s'il ne lui avait pas répondu, et des hommes salivaient déjà dans le couloir. La compréhension de la situation passa ouvertement sur ses traits. Claire hocha la tête ; ses chaleurs altéraient son jugement.

Un échange de murmures eut lieu entre les deux hommes, qui se conclut par : « … seulement des Bêtas de garde. »

En voyant passer un plateau rempli de nourriture, puis une autre brassée de couvertures et d'oreillers, Claire blêmit. Ils avaient su que Shepherd se l'approprierait et s'y étaient préparés. Leur petite conversation n'avait eu d'autre but que de lui faire croire qu'elle avait le choix. Il remarqua son expression, et le murmure de son ronronnement s'amplifia.

Elle devait manger… Il devait la nourrir avant que cela ne commence. Le plateau fut posé au sol, où elle se tapissait, et l'ordre qu'il lui lança fut suffisamment sonore pour détourner son attention du renflement de son pantalon.

— Mange.

Pendant qu'elle picorait à l'aveuglette, il commença à se dévêtir. Toute son armure, chaque sous-couche, fut soigneusement enlevée et organisée ; l'homme n'avait honte ni des marques Da'rin sur son corps ni de sa queue fièrement dressée. Mais, encore plus que la vue, ce fut l'odeur – le parfum de l'Alpha en rut, excité et en érection pour elle – qui fit fuir toute raison de son esprit. Tout vibrait dans ce ronronnement incessant, lui rappelait qu'il était ce dont son corps se languissait et qu'elle en salivait… même si elle avait peur.

Shepherd commença à arpenter la pièce, nu, et roula des épaules en marchant, sans cesser de l'observer et de renifler l'air encore et encore.

— Mange plus… Bois de l'eau.

D'une voix vicieuse et menaçante, Claire siffla, comme s'il aurait dû savoir que les Omégas ne pouvaient pas manger durant leurs chaleurs :

— Ce n'est pas manger que je veux !

Non, ce qu'elle voulait, c'était la chose qui était censée se produire. Ils étaient censés s'accoupler. Pourquoi attendait-il ? Elle était à ses pieds et il restait planté là, le mâle dominant dont le grondement puissant faisait rouler ses yeux dans leurs orbites.

Un bruit de tissu déchiré précéda le souffle de l'air frais sur sa peau enfiévrée.

Il était tout autour d'elle, arrachant tout ce qui était inutile, tous ses vêtements. Son odeur, sa sueur brute, firent suinter sa chatte. Reniflant à grandes bouffées haletantes la fertile Oméga, Shepherd chercha à caresser sa chair nue, un peu surpris de voir que tous ses poils avaient été éliminés de manière permanente – reconnaissant les précautions prises par l'Oméga pour masquer son odeur.

Elle était si loin, sa petite langue léchant déjà sa peau. Son odeur et son goût la faisaient planer si complètement que, lorsqu'il recueillit sur son doigt quelques gouttes de liquide pré-éjaculatoire pour les étaler sur ses lèvres, elle poussa un gémissement sonore et le suça profondément dans sa bouche.

Claire était si petite à côté de sa masse, facile à déplacer où il le voulait. Son dos heurta le matelas, et Shepherd, debout entre ses jambes minces et écartées, fixa d'un regard affamé la rivière de sécrétions qui s'écoulait de son sexe. Les petites lèvres roses étaient écartées, et son gland dilaté orienté vers ce qui semblait bien trop exigu pour accueillir un organe si épais. Une main posée sur son sein pour peloter son téton, Shepherd s'enfonça, déchirant la membrane de son vagin trempé, et sentit tout son corps frémir en entendant son cri désespéré.

La femme n'avait pas menti... Elle était si étroite que sa queue devait secréter davantage de liquide pour passer. Il avait à peine enfoui la moitié qu'elle commença à gémir et à se tortiller. Les Alphas étaient bien montés, et Shepherd était un colosse, son gabarit énorme – or, il n'y avait qu'un espace limité dans le corps de cette femelle.

— Ouvre-toi pour moi, ma petite, gronda Shepherd, utilisant ses pouces pour écarter davantage ses grandes lèvres.

Il rua en elle et s'enfonça un centimètre durement gagné après l'autre tandis qu'elle regardait la queue aussi épaisse qu'un avant-bras disparaître peu à peu entre ses cuisses.

Lorsque le membre dilaté du mâle toucha le fond de sa chatte, lorsque toute son étroitesse enveloppa cette dure longueur... le bonheur absolu. Elle en avait besoin ;

elle gémissait et se cambrait en frottant son sexe contre son pubis. L'étirement était divin, la vibration de ses ronronnements, son *odeur*... Lorsqu'il commença à se retirer, elle montra les dents et gronda sur l'homme qui faisait plusieurs fois son poids. L'air amusé, Shepherd rua des hanches pour enfoncer sa queue immense jusqu'à la garde, impatient de l'entendre pousser un cri perçant.

Claire apprit vite qu'il appréciait ses petites crises de colère, mais c'était bien Shepherd qui dominait l'échange. Il la pilonna avec la vigueur dont elle avait besoin, vite et fort, et fit s'emballer le pouls furieux dans ses entrailles. Lorsqu'elle commença à onduler des hanches, yeux fermés, perdue dans le désir insatiable de s'accoupler, il l'attrapa par la peau du cou et lui aboya d'ouvrir les yeux, de regarder le mâle qui la baisait, de reconnaître ses prouesses.

Ces mots lancés d'une voix rageuse la poussèrent à bout. Une plénitude parfaite explosa en elle. Claire sentit chaque muscle de sa chatte s'animer, vit le regard vicieux et carnassier de son partenaire, sentit son nœud grossir tandis qu'il s'enracinait en elle et s'accrochait derrière son pubis, les ancrant l'un à l'autre aussi profondément que possible. Secouée par l'intensité de l'orgasme, elle sentit le premier jet brûlant de sa semence, l'entendit rugir tel une bête pendant qu'elle-même criait. Quand Shepherd éjacula davantage de ce liquide copieux, elle sentit son corps enfin satisfait et, le sentant cracher une troisième salve, elle s'évanouit.

Elle dut se réveiller peu de temps après, car le nœud unissait toujours leurs corps. Il était couché sous elle, Claire étalée sur son torse, l'oreille posée contre son cœur. La sérénité de l'accouplement se dissipait déjà, et l'impulsion de baiser était de retour. Son désir, la seule chose qui la définissait en ce moment, la transcenda lorsqu'elle darda sa langue pour lécher le sel de sa sueur sur son torse, pour inciter le mâle tatoué à remettre le couvert.

Dès que le nœud commença à se défaire, elle sentit la perte du précieux liquide, la semence qui ruisselait hors d'elle, et gémit. Comme s'il partageait ses pensées, Shepherd plongea les doigts dans l'écoulement et porta son sperme à la bouche de Claire. L'odeur suffisait à la rendre folle, le goût l'affecta mille fois plus.

— Ils auraient brisé une Oméga aussi frêle.

Fasciné, Shepherd la regardait lécher goulument ses doigts tout en lui expliquant la situation calmement, comme s'il éduquait une femelle qui aurait dû savoir ce qui l'attendait.

— Ils n'auraient montré aucune retenue face à une odeur si entêtante.

Elle ne voulait pas qu'il parle. Elle voulait qu'il recommence à la baiser. Il glissa une grande main dans ses cheveux et massa le cuir chevelu de la femelle, l'apaisant par ses caresses et ses ronronnements en attendant que le nœud soit tout à fait défait, pour qu'il puisse recommencer à ruer entre ses hanches avides.

Le deuxième accouplement fut bien moins frénétique, beaucoup plus gratifiant et, lorsqu'il l'eut de nouveau remplie, Claire commença à sentir s'émousser son désir féroce. Peut-être était-ce dû à ses mains, qui la levaient et la rabaissaient à un rythme qui faisait chanter sa chatte, ou à son regard, qui affichait un plaisir lascif évident ; elle l'ignorait.

Alors, voilà ce que c'est, de s'accoupler avec un Alpha.

Shepherd semblait connaître ses pensées et, lorsqu'elle vit les plis aux coins de ses yeux, elle comprit qu'elle l'amusait. Il prit son visage entre ses mains, tendre et délicat, et elle ne se sentit ni forcée ni maîtrisée... Dans son délire, elle se sentait à tort en sécurité.

Ce ne fut que le lendemain, lorsqu'il la prit par derrière au pic de ses chaleurs, appuyant de tout son poids sur son dos, qu'elle sentit venir les ennuis. Elle planait toujours, la ferveur croissante de ses chaleurs loin d'être apaisée... Mais il rugit, commença à faire pression et à la meurtrir ; à la restreindre. Luttant contre son emprise, se débattant, Claire dégrisa : elle craignait à présent que le tyran ne la morde si sauvagement qu'il laisserait une cicatrice – craignait qu'il ne veuille la marquer et la revendiquer.

Pire que tout, instinctivement, c'était ce qu'elle désirait. Embrouillé par les chaleurs, son esprit voulait être imprégné par ce monstre qui avait détruit Thólos et fait de sa vie un enfer, simplement parce qu'il était celui qui était en train de la baiser.

— Et tu vas obéir ! gronda-t-il dans son oreille.

Elle haleta un refus par-dessus le bruit de son bassin qui claquait contre les monts de chair de son derrière. Des dents pointues se plantèrent dans son épaule, et le nœud de Shepherd enfla jusqu'à ce que l'Alpha ne puisse plus ruer et qu'elle soit incapable de s'échapper. Elle hurla de douleur et de plaisir, sanglota en sentant les crocs déchirer sa peau. Shepherd poussa un long râle en la mordant, puis arracha sa chair.

Elle jouit lorsqu'il la marqua. Sa chatte se contracta en rythme et aspira les jets brûlants de sperme tandis qu'il roucoulait et léchait son sang.

Claire pleura quand il ronronna et la caressa, pleura en prenant vaguement conscience qu'elle avait totalement perdu le contrôle qu'elle avait si soigneusement cultivé dans sa vie. Quand, dix minutes plus tard, son corps lui signala qu'il était temps qu'il recommence à la baiser, Shepherd l'attira sous lui et caressa tendrement la femme qu'il avait volée, même si celle-ci sanglota tout au long de leur accouplement.

Lorsque ce fut terminé, lorsque l'orgasme suivant eut apaisé cette folie chimique, le calme descendit sur le couple. Claire dormit brièvement contre un homme qu'elle ne connaissait pas, se lovant aussi près que possible, à l'endroit précis où la brute s'attendait à ce qu'elle repose.

**

En fin de compte, il fallut trois jours pour briser les chaleurs de l'Oméga affamée. Elle était à présent en train de dormir, pelotonnée sous les couvertures, couverte de son sperme et de sa mouille – comblée. Tout en jouant avec une mèche de ses cheveux noirs comme de la suie, Shepherd réfléchissait à ce qu'il allait faire de ce qui était à présent sa propriété, impressionné que cette frêle femelle ait eu le cran de revêtir les vêtements d'un cadavre et de parader au milieu d'une meute d'Alphas juste pour lui parler. Elle serait morte s'il n'avait pas senti son parfum irrésistible.

Son corps serait endolori maintenant que ses chaleurs étaient terminées, et son esprit ne serait plus embrumé par son désir insatiable de s'accoupler. Il était sûr qu'elle lui en voudrait de l'avoir marquée. Mais c'était le sort des Omégas, la voie de la nature. Il avait eu envie d'elle et il l'avait prise. Fin de l'histoire.

Alors qu'il parcourait des yeux son corps souple de danseuse, l'Alpha gronda en constatant que son Oméga était à l'évidence sous-alimentée. Cela le mit de si mauvaise humeur que, lorsque quelqu'un frappa à la porte, il attrapa avidement ce qui lui appartenait et rugit.

Le tumulte de se retrouver pressée contre une montagne de chaleur réveilla Claire, qui siffla d'inconfort. Tout lui semblait gluant, et un mâle tripotait des hématomes qui n'appréciaient pas cette attention. Les mots qu'il cracha appartenaient à une autre langue – une langue marginale perdue, supposa-t-elle. Se rappelant qui il était et ce qu'il lui avait fait, elle repoussa le torse de Shepherd, mais sentit ses bras la comprimer de plus en plus. La conversation se prolongea entre le disciple derrière la porte et son ravisseur, Shepherd raffermissant son emprise chaque fois qu'elle se tortillait.

Lorsque ce fut terminé, Shepherd la fit pivoter vers lui et aboya :

— Tu dois encore dormir.

Ce n'était pas une suggestion, et elle pouvait percevoir son énervement.

— Les Omégas, dit-elle.

C'était sa seule raison d'être venue à lui… Pas pour qu'il noue en elle pendant trois jours entiers !

Ses yeux changeants formèrent des fentes étroites lorsqu'il plissa les paupières. Shepherd la renifla une fois, puis gronda :

— Ton hypothèse selon laquelle il serait plausible de créer un canal de distribution de vivres privé est biaisée. Cela ne servirait qu'à attirer l'attention sur ton groupe. Toutes les Omégas seront livrées à mes bons soins et séparées du reste de la population de la Crypte. Quand elles entreront en chaleur, un Alpha sera choisi pour chacune parmi mes disciples. La plupart d'entre elles seront appariées dès leurs prochaines chaleurs.

— Quoi ? Non ! s'exclama Claire, horrifiée. Ce n'est pas ce que nous voulons. Elles ont besoin de manger, pas de devenir des esclaves.

— C'est pour le mieux. Vous êtes des Omégas, fragiles, et ce n'est pas votre place de décider de telles choses.

Tout chez ce mâle lui parut soudain repoussant. Voulant qu'il la lâche, Claire essaya de se dégager.

— Je ne te dirai pas où les trouver.

Lorsqu'il sourit, la cicatrice qui barrait ses lèvres rendit son expression sinistre.

— Alors elles mourront de faim et seront éliminées une par une. C'est ta décision, ma petite. Si elles m'étaient livrées, elles seraient protégées.

— De qui ? Les hommes qui violent et nouent dans des filles qui n'ont même pas atteint la maturité sont ceux-là même dont tu t'entoures.

Shepherd caressait ses cheveux comme si elle n'était pas fâchée, comme si elle ne le détestait pas en cet instant, et cela l'enrageait. Lorsqu'elle tenta de repousser sa main, il gronda et la plaqua sous lui. Ses dents s'approchèrent du creux de sa gorge et il renifla, puis grogna à l'odeur sucrée avant d'utiliser sa cuisse pour la forcer à écarter les jambes.

Claire sentit sa queue palpiter contre son ventre et prit peur. Il n'y avait pas de chaleurs, pas de sécrétions abondantes, et elle avait mal. Shepherd s'en moquait. Il lui rappela qui dominait d'un coup de reins violent, prit son Oméga sans ronrons ni caresses et noua en elle sans attendre qu'elle jouisse pour aspirer sa semence. Lorsque les jets puissants baignèrent son utérus, aucune paix ne s'empara d'elle, uniquement la frustration et les larmes.

Quand il eut repris son souffle, il approcha sa bouche malvenue de son oreille.

— Dors encore.

23

Il recommença à jouer avec ses mèches et laissa Claire pleurer toutes les larmes de son corps, enlacée par l'homme qui avait bien mérité sa réputation de monstre.

Chapitre 2

Il faisait noir quand elle se réveilla. Même si Shepherd n'était pas là physiquement, sa présence vibrait toujours en elle. Leur lien tout récent collait comme une corde huileuse autour de sa cage thoracique, creusant graduellement son chemin dans sa poitrine. Claire n'avait entendu que des descriptions du marquage et avait lu à ce sujet dans les Archives. Chaque Oméga ressentait ce lien différemment. Certains le comparaient à une source – un flot continu d'eau fraîche –, d'autres à une lame qui déchirait et tordait leurs entrailles. Son lien lui faisait penser à un petit ver qui se tortillait et s'enfouissait en elle. À un asservissement, à une laisse. Elle le détestait déjà. C'était quelque chose de malvenu, d'invasif, quelque chose qu'elle ne pouvait ignorer.

En ce moment, le bourdonnement qu'il émettait était peu engageant et discordant. Comme une mauvaise note sur un violon.

Tâtonnant le long des murs à la recherche d'un interrupteur, Claire trébucha sur un meuble et jura. Sous ses doigts, elle sentit la porte de la salle de bain. Elle y entra et alluma la lumière.

Son reflet lui rendit son regard.

Nue, et tellement couverte de la semence de Shepherd qu'elle encroûtait jusqu'à ses cheveux, elle paraissait épuisée. Pendant qu'elle se noyait dans la béatitude et leurs ébats frénétiques, il la lui avait donnée et l'avait frottée partout pour en imprégner sa peau – elle était saturée de l'intérieur et de l'extérieur par ses sécrétions. S'il n'avait pas passé tant de temps les doigts glissés dans ses cheveux, ceux-ci auraient été un amas de nœuds.

Dégoûtée, Claire s'approcha de l'étrangère dans le miroir. Des mois s'étaient écoulés depuis la dernière fois qu'elle avait vu le reflet de son corps, et elle était devenue si maigre ! Ses côtes ressortaient et les os de ses hanches faisaient saillie. Elle était devenue squelettique. Mais ce n'était pas son émaciation qui avait attiré son attention. C'était la morsure enflammée sur son épaule, les chairs rouges et enflées qui palpitaient.

Shepherd l'avait mordue si profondément qu'elle porterait à jamais la cicatrice de sa revendication.

Quand elle passa un doigt sur les deux plaies en forme de croissant, Claire se sentit honteuse de son ignorance. Elle ne comprenait pas vraiment comment le lien était tissé. Toute une vie passée à cacher sa véritable nature l'avait empêchée de poser trop de questions. Cela aurait été bien trop dangereux. Tout ce qu'elle savait, c'était que le lien impliquait un marquage et que cet acte était à l'initiative de l'Alpha.

Peut-être n'était-ce que l'instinct.

Ce n'est que l'instinct...

Un profond désespoir lui noua l'estomac, aggravé par la palpitation rythmique du fil que son corps essayait de rejeter. Claire inspira profondément et balaya des yeux la salle de bain rudimentaire. Soit l'homme était d'une propreté impeccable, soit un sous-fifre nettoyait derrière lui. L'évier était d'un blanc étincelant, le miroir, poli ; il n'y avait pas une trace de dentifrice dessus.

Quand elle ouvrit l'armoire à pharmacie, il lui parut presque bizarre d'y trouver des choses aussi ordinaires qu'une brosse à dents et un bain de bouche. Peut-être étaient-ce les marques Da'rin, ou le fait qu'il avait vécu longtemps dans la Crypte, qui l'avaient induite en erreur. On lui avait appris qu'ils n'étaient que des sauvages, sales, à peine humains.

Elle hésita à utiliser sa brosse à dents pour se débarrasser de cette sensation pâteuse dans sa bouche, dégoûtée par le fait que c'était la *sienne*, mais elle finit par attraper la satanée brosse. Quelques minutes plus tard, sa bouche n'avait plus le goût de… choses auxquelles elle ne voulait pas penser. Claire la reposa sur la tablette dans l'exacte position dans laquelle elle l'avait trouvée, puis se tourna vers la douche et l'actionna.

Elle se glissa sous le jet d'eau bouillante et accueillit la brûlure, voulant tout faire disparaître de Shepherd sur elle. Yeux fermés, cheveux sous le pommeau de douche, elle laissa l'eau se déverser comme de la lave sur son corps. Les plaies perforantes sur son épaule commencèrent à suinter, les croûtes ramollies à cause de l'humidité.

Il n'y avait qu'une petite savonnette.

Elle frotta chaque centimètre carré de sa peau jusqu'à ce qu'elle soit à vif et que la moindre trace de cet homme et de son odeur ait été effacée. Elle savonna ses cheveux en rêvant de l'époque où elle avait eu accès à une bricole aussi banale que du shampooing. Lorsqu'elle eut terminé, elle sortit de sous le jet d'eau, jeta un œil à la serviette de l'homme, et préféra ne rien utiliser qui lui appartenait et qui risquerait de réimprégner son odeur sur sa peau.

Le froid lui donna la chair de poule, mais elle sécha ses cheveux noirs emmêlés à l'air, les essora au-dessus de l'évier et fit de son mieux pour les repeigner avec les doigts. Par crainte d'être punie, elle effaça toute trace de son temps passé dans cette pièce et la laissa dans le même état qu'elle l'avait trouvée.

S'aidant du rai de lumière qui émanait de la salle de bain pour éclairer l'antre de Shepherd, Claire trouva une lampe de table et l'alluma. Durant ses chaleurs, son esprit ne s'était pas laissé distraire par des choses aussi dérisoires que l'aménagement du mobilier ou la décoration de sa cellule. Elle n'avait vu que l'endroit où elle voulait faire son nid et le mâle qui attendait de la monter.

Après toutes ces années de prudente réclusion, toutes ces chaleurs fiévreuses passées enfermée pour éviter une telle chose, elle avait l'impression d'avoir perdu une partie d'elle-même depuis qu'elle avait été marquée... et pas par l'Alpha qu'elle avait choisi.

Désormais, elle se sentait quelque peu diminuée. Une ratée.

Le lien ténu qui bourdonnait dans sa poitrine se mit à pulser, comme s'il suggérait qu'elle était plus que ça... qu'il y avait *plus*, à présent. Il lui murmura que Shepherd n'avait fait que ce qui était censé être fait.

Cette vibration la tourmentait et l'énervait. Désespérée, elle se raccrocha à la moindre lueur d'espoir. Le marquage était récent, encore fragile. Pouvait-elle le briser ?

Combien de fois les Omégas marquées de force avaient-elles espéré la même chose ?

La vitesse à laquelle le lien ténu se mit à fredonner dans sa poitrine était risible : il l'amadouait pour qu'elle accepte sa situation, pour qu'elle se soumette au puissant Alpha.

Cette sensation lui donna envie de vomir.

C'était déconcertant. Le changement chez Shepherd, qui était passé de la coercition au despote incontesté, l'effrayait. Il l'avait marquée de force et avait fait un choix qui l'affecterait pour le restant de ses jours.

Les Alphas et les Omégas ne s'appariaient qu'une fois, sauf dans les cas extrêmes où leur partenaire mourait. C'étaient les Bêtas qui vivaient sans lien, les Bêtas que Claire avait toujours enviés. Ils n'avaient pas de chaleurs et pouvaient porter des enfants. Les Bêtas avaient le choix. Ils s'accouplaient de leur propre gré, parfois avec un partenaire de toute une vie, mais n'étaient jamais assujettis à une force de la nature qui leur imposait un appariement permanent. Et, pour envenimer encore les choses, contrairement aux Omégas, les femmes Bêta étaient traitées avec le même respect que les hommes Bêta.

Les Bêtas étaient également seconds dans la hiérarchie des trois classes humaines. Ils avaient la liberté de faire ce qu'ils désiraient de leur vie. Les Omégas, si rares et hautement convoités, avaient été relégués à la place prestigieuse d'animal de compagnie prisé – un symbole de statut social que les puissants Alphas pouvaient revendiquer. Ils étaient plus petits, mais non moins intelligents. Cependant, leur nombre diminuant, cette minorité avait facilement été forcée dans un idéal archaïque par le reste des colonies. Les Alphas dirigeaient les derniers bastions de la civilisation et étaient les êtres suprêmes dans chaque Bio-Dôme, dans chaque quadrant réglementé et dans chaque grande entreprise. Sans oublier qu'ils étaient bien plus nombreux que les Omégas.

Alors qu'elle étudiait la pièce tamisée en faisant son possible pour ignorer le nid qu'elle s'était construit entre leurs accouplements, Claire se posa des questions sur l'homme. Spartiate n'était pas vraiment le mot exact pour décrire ce qu'elle voyait… utilitaire conviendrait sans doute mieux. Il ne possédait que l'essentiel : un lit, un bureau, une petite table et quelques autres meubles, tous dépareillés et à priori choisis pour leur côté fonctionnel.

Puis, il y avait la bibliothèque.

Elle traversa le sol en béton à pieds nus pour lire les titres, dont plusieurs étaient dans une autre langue, et trouva sa collection de littérature... pour le moins surprenante. C'étaient les livres d'un intellectuel, et nombre d'entre eux avaient visiblement été lus plus d'une fois. Elle reconnut plusieurs auteurs, Nietzsche et Machiavel pour n'en citer que quelques-uns, et ce uniquement parce que les livres écrits par ces hommes avaient été interdits dans les Archives. Le châtiment pour la possession de tels livres était si sévère que, même consciente que son gouvernement était tombé, Claire hésita à les toucher.

Cela dit, qui, à part Shepherd, pourrait la punir à présent ?

Les membres flageolants, séquelle de ce qu'avait subi son corps durant ses chaleurs, Claire tendit la main et traça le dos des livres du bout des doigts. Il faisait froid dans cette pièce souterraine et aveugle – un rappel qu'il l'avait traînée jusqu'à la Crypte. Elle abandonna son exploration et chercha ses vêtements... pour découvrir qu'il n'en subsistait pas un seul lambeau.

Elle préférait encore subir la colère de Shepherd parce qu'elle portait ses vêtements sans sa permission que l'attendre, nue comme une odalisque. Après avoir fouillé dans la seule modeste commode de la pièce, Claire trouva un pull qui passerait pour une robe sur sa silhouette menue. Quand elle eut enfilé l'habit gris par-dessus sa tête, elle fut soulagée de voir qu'il était propre et ne retenait qu'une légère trace de son odeur.

Le ventre grondant, elle commença à arpenter la pièce, et ses yeux balayèrent accidentellement le coin saturé par les relents de leurs sécrétions sexuelles asséchées : son nid. Claire en avait déjà construit dans son isolement – ce besoin compulsif de tout bien arranger faisait partie intégrante des chaleurs. Les couvertures et oreillers étaient agencés selon la forme qui convenait le mieux à l'Oméga. Ainsi, les femelles – ou les rares mâles Omégas – se sentaient en sécurité. Le concept des nids l'avait toujours fascinée, et elle avait su exactement où chaque pièce s'assemblerait. Le confort qu'elle avait ressenti en se couchant dans le produit fini... Même si ceux qu'elle avait construits pendant ses moments de réclusion n'avaient jamais été utilisés pour s'accoupler.

Les Bêtas ne nichaient pas. Et, d'après ce qu'elle avait entendu, les Alphas les plus primaires auraient pris n'importe quelle Oméga sans la laisser faire son nid, trop pressés de l'ensemencer. Les meilleurs Alphas comprenaient ce besoin. Shepherd l'avait laissé construire son nid et lui avait fourni des couvertures et textiles supplémentaires, en plus de ceux qui recouvraient déjà son lit. Il avait même essayé de l'aider, agenouillé, nu, à ses côtés, dépliant les draps et tapant sur les oreillers avant de les lui tendre. Lorsqu'il s'était trop impliqué à son goût, elle avait grondé et repoussé ses mains. Le nid était sa responsabilité. Lui était un Alpha : son rôle se limitait à la baiser dedans.

Son premier nid d'accouplement était censé représenter quelque chose de très spécial, un souvenir à chérir, non pas un amoncèlement qui lui soutirait des larmes chaque fois qu'elle avait le malheur de poser les yeux dessus.

Il n'y avait rien de spécial dans l'aménagement gluant et encroûté de fluides dans lequel elle s'était réveillée.

Claire fronça les sourcils et détourna les yeux avant de pousser un cri. La porte était dans sa ligne de mire, un obstacle en métal entre elle et de l'air qui n'empestait pas le sexe. Elle se remit à faire les cent pas en essayant de calmer la vague grandissante d'horreur dans son ventre. Cette pièce aveugle, ne pas savoir si c'était le

31

jour ou la nuit, la sensation d'être piégée sous terre… tout cela faisait fourmiller sa peau de manière désagréable. Elle ne savait même pas où elle se trouvait par rapport au Dôme.

Plus elle arpentait la pièce, plus elle voulait en sortir.

Elle courut jusqu'à la porte et essaya de tourner la poignée. Elle savait déjà qu'elle serait verrouillée, mais elle éprouvait le besoin de sentir le métal inflexible sous ses doigts. Elle ne put refouler son cri ; le gémissement affligé de celle qui avait espéré et était au bord de la panique. Elle était prisonnière, enchaînée à un homme qu'elle ne connaissait pas, affamée, effrayée et aux prises avec un lien indésirable qui ne cesserait pas d'exister quoi qu'elle fasse pour s'en défaire.

Le temps que son ravisseur revienne, Claire s'était allongée sur le sol et regardait le plafond avec des yeux vitreux.

— Tu es en désarroi, gronda Shepherd en reniflant l'air. Parce que tu as faim ?

Claire cilla sans cesser de regarder le plafond et se demanda s'il pouvait lire dans ses pensées. Elle tourna la tête vers la porte à présent déverrouillée derrière ses jambes massives et s'imagina capable de s'échapper, de retrouver sa liberté.

— Je vois, grogna-t-il, ses yeux plissés formant des fentes.

Ses poumons se vidèrent de leur air, et elle reconnut :

— Je suis affamée.

Il s'agenouilla au-dessus d'elle et vit ses yeux verts fuir les siens.

— Tu t'es réveillée plus tôt que je ne l'avais anticipé.

Elle aurait voulu lui hurler mille choses à la figure, mais se contenta d'un soupir mélancolique.

— Je ne sais pas quelle heure il est.

— Il est midi. Le déjeuner va bientôt arriver.

— Génial, souffla Claire en reportant son attention sur le plafond.

Le mâle eut le culot de passer ses doigts sur ses lèvres boudeuses.

— Ressens-tu le désir de t'accoupler ?

— Pas du tout, s'empressa-t-elle de répondre, toujours pas remise de son dernier assaut douloureux.

Claire fit de son mieux pour résister à l'envie de le fuir, certaine que cela ne ferait que l'inciter à la chasser et à remettre le couvert.

Des ridules se creusèrent aux coins de ses yeux – le salaud arrogant ! Il entonna un ronronnement des plus doux et, en réponse, elle se détendit légèrement. Cette réaction inconsciente l'agaça, encore davantage lorsqu'il passa la main dans sa chevelure et tira doucement sur ses racines. Elle ferma machinalement les yeux et savoura la vague de contentement qui accompagnait chaque tiraillement.

Quand quelqu'un frappa un coup sec à la porte, elle n'était plus qu'une mare sur le sol.

Shepherd demanda au Bêta qu'elle connaissait déjà d'entrer. Il continua à caresser sa femelle pendant que son disciple posait le plateau sur la table. Claire se demanda s'il faisait ça pour enfoncer le clou devant un autre mâle, parce qu'il était possessif, ou simplement parce que cela semblait l'apaiser, elle. Probablement un peu des trois.

Ils se retrouvèrent de nouveau seuls. Le géant lui donna un petit coup pour qu'elle ouvre les yeux, puis inclina la tête vers la table.

— Mange.

Il insista pour l'aider à se lever, ce qui la força à le toucher plus qu'elle ne le désirait. Quand elle posa les yeux sur le plateau d'où émanait une odeur délicieuse, elle vit qu'il n'y avait à manger que pour une personne. Durant tout son repas, il l'observa comme on observe une proie, en suivant des yeux ses moindres mouvements. Claire n'aimait pas les haricots verts en conserve, mais elle mangea tout ce qui lui avait été apporté. Elle fredonna en goûtant le jambon. Le verre de lait la fit retrousser légèrement les lèvres.

Un comprimé était posé sur le côté du plateau ; elle l'avait vu, puis oublié, trop absorbée par son repas chaud. Shepherd l'attrapa entre ses longs doigts et le lui tendit.

— Qu'est-ce que c'est ? demanda Claire en se couvrant la bouche.

— La privation de nourriture et tes dernières chaleurs ont entraîné de nombreuses carences en nutriments.

Inutile de protester. Que ce soient des vitamines ou du poison, s'il voulait qu'elle le prenne, il serait facile pour lui de la forcer.

Tandis qu'elle avalait le comprimé, Shepherd continua :

— Les cachets bleus que j'ai trouvés dans la poche de ta veste. Tu sais ce qu'ils étaient ?

— C'était censé être des suppresseurs de chaleur, répondit-elle d'un air dégoûté. Ils m'ont coûté une semaine de vivres. J'ai commencé à les prendre des jours avant d'arriver à la Citadelle pour demander ton aide. À l'évidence, ils n'ont pas eu l'effet escompté, et tu ne m'as pas aidée non plus. Bref... comme je vois, c'était une mauvaise plaisanterie.

Shepherd tendit le bras par-dessus la table et enveloppa sa grosse patte autour de son poignet libre. Il lui aurait suffi de serrer, et tous ses os auraient été broyés et brisés. Elle comprit que c'était un avertissement subtil de sa part pour qu'elle tienne sa langue.

— J'ai demandé à un labo d'analyser tes cachets, expliqua-t-il en passant son pouce sur son pouls. Ils avaient pratiquement l'effet inverse, ma petite – ils étaient conçus pour amorcer tes chaleurs.

L'inverse ? Des médicaments pour encourager la fertilité ? D'autres filles qui se cachaient avaient elles aussi pris ces cachets. Des dizaines d'Omégas auraient pu entrer en chaleur inopinément, alors qu'elles étaient exposées, tout comme cela lui était arrivé. Et c'était là ce qu'il essayait de lui faire comprendre.

Elle posa sa tête dans sa main et l'écouta énoncer précisément le contenu de ses pensées.

— Quelqu'un d'astucieux retourne vos besoins contre vous pour vous traquer. Ils savent que les Omégas qui prennent ces pilules les croient efficaces et qu'elles ne s'imagineront pas entrer en chaleur quand elles sont vulnérables. Et, tout comme toi, elles seront assaillies, traquées ou prises.

— C'est barbare ! Vous, les hommes, vous êtes si cruels...

Shepherd savait qu'elle faisait référence aux hommes de manière générale et collective, et non à lui en particulier. Il ne laissa pas paraître plus qu'un soupçon de colère dans sa voix quand il demanda :

— Où te les es-tu procurées ?

— Chez les trafiquants des chaussées, reconnut-elle après avoir inspiré profondément. Tout le monde y a accès. Je les ai abordés en me faisant passer pour une Bêta, en me cachant sous l'odeur d'un autre.

— L'odeur d'un autre ?

— Celles d'entre nous qui ont la force de sortir de notre cachette vont voler les vêtements des cadavres qui se décomposent dans la rue. Nous utilisons leur odeur pour cacher la nôtre, comme tu as pu le remarquer quand je me suis présentée devant toi. C'est désagréable, mais nous avons besoin de provisions et de ravitaillement. Nous faisons ce que nous devons faire pour survivre.

— Pourquoi avoir choisi une jeune femme pour venir à la Citadelle et non une femme plus âgée, qui aurait eu moins de chance d'entrer en chaleur et d'attirer l'attention ? demanda Shepherd.

— Je me suis portée volontaire.

— Pourquoi ?

— Je suis en meilleure santé que la plupart et j'ai passé des années à vivre sous le déguisement d'une Bêta. On me fait confiance pour agir dans l'intérêt de la collectivité puisque je n'ai ni partenaire ni enfants.

— Tu as un partenaire, lui rappela-t-il, lâchant son poignet pour effleurer la morsure douloureuse qui marquait désormais son épaule. Je t'ai revendiquée. Tu m'appartiens, maintenant.

Son estomac se noua, et elle mâchouilla sa lèvre.

— Tu pourrais changer d'avis, murmura-t-elle en croisant ses yeux d'argent assurés.

L'espace d'un instant, Shepherd parut légèrement déçu. Mais, une seconde plus tard, son regard se fit vicieux et déterminé.

— Je ne suis pas un homme impulsif. J'ai pris ma décision. Ce qui est fait est fait. Je t'ai revendiquée. Tu es à moi, à présent. Un point c'est tout.

— Mais tu ne me connais même pas !

Claire essaya de s'expliquer, mais se rendit vite compte que le mâle se fichait pas mal de connaître la personnalité d'une femelle qui serait contrainte par leur lien d'être sa partenaire. Ses désirs n'avaient plus aucune importance.

— C'est incroyable, les choses qu'on peut apprendre sur une femelle qui se tortille sur sa queue pendant trois jours, lança-t-il dans un ronronnement grave et aguicheur.

Rougissant jusqu'aux racines, Claire dissimula sa figure dans ses mains.

Shepherd posa un doigt sous son menton et leva son visage empourpré pour l'étudier.

— Par exemple, tu étais pure…, dit-il en traçant le rose sur ses joues. Tu ne t'étais pas bêtement donnée au premier Alpha à croiser ton chemin pendant tes chaleurs. Tu as aussi une volonté de fer, pour un membre d'une collectivité soumise.

— Ce n'est pas de la soumission si on nous force la main !

— Si tu t'étais tenue tranquille, je ne t'aurais pas punie.

Sa manière de parler, sa voix rauque et grave, ravivèrent toutes ses peurs.

— Je ne voulais pas que tu me touches…

Les yeux toujours plissés et menaçants, Shepherd se pencha sur la table jusqu'à ce qu'ils se retrouvent nez à nez.

— Je te toucherai quand et comment je le voudrai.

Le cumul du stress, de l'horreur et de la rage la fit craquer.

— Je ne veux pas être liée à une brute, ni être tripotée et violée par un étranger – surtout par un mâle qui veut vendre les miens à l'esclavage sexuel !

Claire avait du mal à croire qu'elle avait hurlé ses sentiments tout haut. Elle pressa instantanément sa main sur sa bouche et observa d'un air apeuré le mâle bouillonnant de rage.

Elle n'eut aucun doute sur ce qui allait suivre. Shepherd se leva et l'arracha de sa chaise pour la ramener dans le nid qu'elle avait construit durant ses chaleurs. Il lui arracha le vêtement qu'elle avait volé et commença à se dévêtir.

Qu'il puisse la maîtriser si facilement était injuste. Claire fut plaquée, nue, contre le tissu froid et collant, tremblante, mais trop fière pour s'excuser ou pour supplier. Ses suppliques auraient été vaines, de toute manière. Shepherd tomba de tout son poids sur elle, une main sur son sein gonflé, et tordit son téton jusqu'à ce qu'elle se tortille.

— Violée ? gronda Shepherd d'une voix infernale. Tu as crié et supplié, ma petite. Tu m'as griffé et tu as grogné quand je ne te baisais pas et que tu voulais que je te prenne. L'as-tu oublié ? Veux-tu que je te le rappelle ?

Il glissa une main entre les jambes tremblantes que ses cuisses épaisses maintenaient écartées. Sa chatte avait été aussi aride qu'un désert jusqu'à ce qu'il pose son torse contre sa poitrine, qu'il approche ses lèvres balafrées de son oreille et qu'il pousse un long grognement animal. Elle ne put retenir l'écoulement de mouille tandis que son corps répondait instinctivement à l'appel de son Alpha. Il tirailla et taquina ses lèvres, étala ses sécrétions et fit des cercles sur le bourgeon de nerfs qui surmontait son sexe. L'Oméga se tortilla en vain pour essayer de se dégager. Elle tressaillit chaque fois qu'il pinça son bourgeon, si frustrée et outrée que, lorsqu'il enfonça sa queue en elle, elle poussa un cri perçant. Son hurlement était bien plus que le reflet de sa colère. Il débordait de la faim que les grognements et les caresses de son Alpha forçaient sur elle contre son gré.

Shepherd cloua ses poignets au niveau de sa tête et commença à se déhancher, ses yeux argentés braqués sur son visage. Il sourit et grogna de plus belle quand il sentit ses jus autour de sa queue. Chaque va-et-vient remplissait son tunnel glissant, l'étirait et faisait vibrer son lien d'un sentiment de plénitude. Lorsque ce fut trop, que Claire ne put retenir les vagues de félicité imposée, elle hurla sa haine, le maudit et le voua aux fosses de l'enfer, ses insultes entrecoupées de gémissements de plaisir. Shepherd se contenta de rire en la baisant plus fort et en la pilonnant selon l'angle qu'il savait être celui que sa petite Oméga préférait.

Dans un râle exubérant, elle jouit sans cesser de le couvrir d'obscénités, aux prises avec une extase forcée jusqu'à ce que seul son nom reste sur ses lèvres.

— *Shepherd...*

Celui-ci enfonça sa queue aussi profondément que possible, et le nœud grossit dès que ses parois vaginales se mirent à se contracter en rythme pour aspirer sa semence.

Claire le vit grogner comme une bête et sentit les jets épais de sperme. Elle se perdit dans l'euphorie de sa chatte avide, qui pompa sa queue jusqu'à baigner dedans.

En attendant que le nœud se défasse, Shepherd contempla ses yeux verts hébétés et demanda sèchement :

— Quel nom as-tu prononcé en jouissant ?

Claire put à peine respirer tandis que s'estompait un orgasme si puissant qu'il l'avait secouée jusqu'aux os.

— Le tien, murmura-t-elle en refoulant ses larmes.

— Parce que je suis *ton* Alpha, tonna-t-il. Tu *veux* que je te baise ! Tu comprends ?

Secouant la tête, la lèvre inférieure tremblante, Claire répondit la vérité :

— Non. Je ne comprends pas.

Sans se laisser démonter, Shepherd lança froidement :

— Alors laisse-moi te le prouver à nouveau.

Quand le nœud se fut défait, il la prit doucement, la caressa et l'amadoua, ses coups de reins lents et calculés. Il joua son corps comme un violon, lui soutira tous les sons qu'une femme comblée peut pousser, lui donna un orgasme qui déferle lentement et brûle longtemps, l'observa comme un chat observe un trou de souris.

Il continua pendant des heures, lui arrachant une à une toutes ses insignifiantes convictions jusqu'à ce qu'elle soit trop épuisée pour lutter, jusqu'à ce que ses mains se mettent à le toucher d'elles-mêmes, que l'euphorie sexuelle la pousse à caresser son dos et à tracer les motifs de ses horribles tatouages. Lorsqu'il eut suffisamment étayé ses propos, Shepherd la serra contre lui en ronronnant, récompensant l'Oméga entêtée d'être restée au pied.

Chapitre 3

Shepherd pouvait l'appeler comme il l'entendait – pulsion animale, obsession biologique, impératif du lien. Aux yeux de Claire, cela restait du viol. Elle s'en voulait chaque fois qu'il la poussait à murmurer doucement son prénom dans le noir, chaque fois qu'il la forçait à tendre la main pour caresser ses muscles épais.

C'était la même routine jour après jour. Il était presque constamment enfoui en elle. Il la prenait dès le réveil, après qu'elle eut mangé, et sans ménagement si elle était irritable. Et il la faisait toujours jouir… simplement pour prouver qu'il en était capable. Ses assauts continus la vidaient de son énergie et la rendaient complaisante. Ils faisaient taire la voix qui lui hurlait de se souvenir de qui elle était.

Et ce satané ronronnement ; Shepherd l'employait d'une main experte dès qu'elle faisait les cent pas, frustrée, dès qu'elle était agitée.

Le temps devint sans importance. Claire ne savait même pas depuis combien de temps elle était enfermée sous terre : des jours ou des semaines ? Chaque fois qu'elle voulait savoir l'heure, elle devait le demander, et elle n'en était que plus perdue. La nuit devenait le jour, le jour la nuit – tout était sens dessus dessous.

Les repas eux-mêmes ne suivaient aucun horaire précis, mais elle n'avait jamais faim très longtemps. En vérité, Shepherd la nourrissait tellement que c'était un sacrilège quand elle n'arrivait pas toujours à terminer son assiette. Cet homme était en train de l'engraisser.

Des objets venus de nulle part apparaissaient pour elle dans la pièce : produits capillaires, brosse à cheveux, vêtements – toutes des robes destinées aux femmes de l'élite, qui résidaient dans les niveaux plus chauds proches du sommet du Dôme –, mais jamais de chaussures ni de sous-vêtements. Quand Shepherd s'absentait, elle dormait. Presque à la seconde où elle se réveillait, il réapparaissait. C'était étrange, un peu comme s'il savait, qu'il pouvait sentir ses cycles de sommeil de son côté du fil qui les reliait. Et, toujours, avant même d'avoir prononcé un mot, il se déshabillait, la rejoignait dans le lit et la baisait.

Claire ne savait rien sur cet homme, mais elle avait mémorisé tous ses muscles, le placement aléatoire de ses cicatrices, la douceur de sa peau. Et elle connaissait le goût de chaque centimètre carré de son corps. L'attention qu'il lui portait n'était pas une marque de son affection – elle n'était que la prolongation du sort qu'il tissait autour d'elle. Mais, même si elle laissait sa langue lécher sa chair, Claire ne lui avait jamais rendu un seul des baisers qu'il avait essayé de poser sur ses lèvres.

Voilà au moins une chose qu'il ne pouvait ni prendre ni forcer.

Elle faisait également l'étude de ses expressions. Les yeux gris acier de Shepherd exprimaient beaucoup de choses. Claire apprit à cerner son humeur en étudiant les changements dans son regard. Quand il arrivait fâché, des éclairs de colère dans les yeux, les narines dilatées à cause de quelque chose dont elle ne savait rien, il la prenait presque toujours par derrière – vite et fort – et rugissait en éjaculant. Quand il était détendu, à sa manière, il la touchait lentement en observant son visage. Ce qu'elle voyait alors, le machiavélisme et la concentration intense, l'effrayaient encore plus. Il la disséquait morceau par morceau. Une faible pression ici, un petit tiraillement là… et *pouf !* plus de Claire.

Leurs horaires étaient très différents. Ils ne partageaient jamais leurs repas. En vérité, elle ne l'avait jamais vu manger. La seule chose qu'il semblait prêt à partager avec elle était son rituel de bain. Laver son Oméga était un acte que Shepherd appréciait et qu'il pratiquait avec soin. Dès qu'elle était propre, il entrait en rut. Parfois, il la prenait contre le mur de la douche, comme s'il ne pouvait attendre une seconde de plus avant de recouvrir son Oméga de son odeur.

Il lui semblait que son vocabulaire avait été réduit à des gémissements et à des « *Shepherd...* ». C'était tout ce qu'il lui soutirait. « *Shepherd...* ». Une autre partie d'elle mourrait. « *Shepherd...* ».

Étalée sur son corps sans savoir ni l'heure ni le jour de la semaine, Claire sentit son nœud grossir en elle et l'ancrer à lui, et se mit soudain à sangloter comme si son cœur se fendait.

À moitié endormi, il passa une main dans ses cheveux en fredonnant :

— Pourquoi pleures-tu, ma petite ?

Elle pleurait parce qu'il la tuait.

Il essaya d'étouffer les larmes qui ne cessaient de tomber.

— Qu'est-ce qui te ferait plaisir ?

— Je veux sortir d'ici, sanglota-t-elle contre son torse, lassée de ces quatre murs en béton. Je dois voir le ciel.

Il ne répondit pas tout de suite, se contentant de la bercer au son de sa respiration.

— Quand tu seras plus acclimatée à ta nouvelle vie, tu pourras sortir à l'occasion, mais uniquement sous escorte et seulement si ma semence remplit ton bas-ventre et t'imprègne de mon odeur.

Donc il lui faudrait s'accoupler avec lui pour pouvoir sortir de cette pièce. Elle ne passa pas à côté de cet abus. Ses larmes se tarirent, et son abattement habituel soutira une note discordante à son fil.

— Je n'ai rien fait de mal, et tu m'as enfermée dans une prison.

Shepherd sentit la rancœur de sa femelle faire vibrer le fil ténu qui les reliait. Il traça la ligne de sa colonne vertébrale en réfléchissant à sa notion de ce qu'était une *prison*, à quel point elle était loin de la réalité. Sa petite Oméga aurait dû être reconnaissante. La vie aurait pu être bien, bien pire pour elle.

— C'est dangereux pour toi d'être en dehors de ces murs.

Ne l'écoutant qu'à moitié, Claire resta allongée sans bouger et marmonna :

— Thólos est dangereuse parce que tu en as décidé ainsi.

Ses yeux vif-argent se posèrent sur les mèches de cheveux noirs entre ses doigts.

— C'est vrai.

— Tu es fou, dit-elle, sa joue pressée contre son cœur.

Elle sentit un éclat de rire gronder sous son oreille et choisit de l'ignorer.

— Cela faisait un petit temps que tu n'avais plus été aussi bavarde, dit Shepherd en pelotant son derrière.

Le nœud se desserra lentement, et sa semence s'écoula dès que la barrière eut été ôtée. Elle tambourina avec les doigts sur son torse massif.

— Si je me mets à parler, tu me jettes sur le lit. À quoi bon ?

— Je te fais taire uniquement quand tu es agitée.

— Comme je l'ai dit… Tu es fou.

— Ta résistance est futile, gronda le mâle en caressant ses fesses pour la calmer, sentant qu'elle était prête à s'éloigner de lui.

Résignée, Claire se figea et fut récompensée par un ronronnement. Elle se figurait que cet homme essayait peut-être de la dresser comme un chien.

— Avec le temps, tu verras que cet arrangement commencera naturellement à te plaire, ma petite, dit Shepherd d'un ton certain, absolu. Sois patiente.

— Je m'appelle Claire, gronda-t-elle avec défi contre son torse nu.

Il fit claquer sa paume de main sur sa fesse, assez fort pour la meurtrir.

Elle leva la tête, et ses yeux verts lancèrent des éclairs. Il partit d'un éclat de rire viril et musical, comme s'il trouvait cela divertissant. Elle détestait qu'il la frappe.

— Ne me flanque pas une fessée comme à un gosse !

Le regard taquin, il rétorqua :

— Si tu te comportes comme un gosse, je réagirai en conséquence.

— Je m'appelle Claire. Claire O'Donnell. Et, avant que tu aies déchaîné l'enfer sur Thólos, j'étais une artiste. J'avais une vie et des amis… mon propre chez-moi.

Toutes des choses, tu t'imagines bien, qu'un Oméga doit travailler d'arrache-pied pour obtenir dans un monde où nous sommes chéris comme conjoints, mais repoussés au plus bas de l'échelle sociale. Tu t'es emparé de tout ça, tu nous as tous dépossédés de ce que nous étions, et tu as rendu le peuple si féroce que j'ai dû me cacher. Tu m'as peut-être piégée, mais je serai *toujours* Claire.

Apparemment peu concerné par sa tirade, Shepherd caressa la courbe de sa hanche.

— Quel genre d'artiste étais-tu ?

— J'illustrais des livres pour enfants, répondit-elle en se renfrognant.

— Étant donné ton vœu de chasteté, cela semble quelque peu ironique, ne penses-tu pas, Claire O'Donnell ?

— Pourquoi ? Parce que je ne me suis pas accouplée avec le premier Alpha qui m'a reniflée ? Je voulais trouver un bon partenaire, et les hommes que j'ai rencontrés étaient... plutôt terribles, termina-t-elle, exprimant ses pensées en soutenant son regard.

L'expression de Shepherd n'était pas menaçante, et ses yeux argentés restèrent indolents mais, dans un grognement, il lança :

— Tu as choisi d'entrer dans la Citadelle. Tu t'es exposée à un grand péril. Tu aurais dû te douter que tu ne serais jamais autorisée à repartir quand j'aurais appris qui tu étais.

— J'avais espéré qu'un homme qui se faisait appeler *Shepherd* aurait de l'honneur, reconnut Claire à contrecœur.

— Et j'ai fait ce qui était honorable, non ? répondit celui-ci d'une voix paresseuse. J'ai combattu la mêlée et je t'ai sauvée d'un viol brutal. Je t'ai donné le choix. Tu m'as choisi et je t'ai revendiquée. Depuis, je te

47

protège et je m'occupe de toi, tandis que d'autres souffrent sous le dôme.

— Un choix ? cracha-t-elle en manquant s'étouffer sur le mot. Tu m'as marquée sans même m'avoir courtisée ! Je n'avais pas le choix.

— Tu aurais voulu que je te courtise ? demanda-t-il, apparemment intrigué.

Complètement à côté de la plaque, la brute ignora son accusation. Serrant les dents de frustration, Claire enfouit son visage contre son torse et essaya de prétendre que Shepherd n'était pas là, que sa queue ne débandait pas en elle et que ce satané bourdonnement ne résonnait pas dans sa poitrine.

**

Trois jours s'étaient écoulés – du moins, elle pensait que c'était trois jours – quand Claire se réveilla pour voir un grand carnet à croquis, deux pinceaux et une boîte d'aquarelles posés innocemment sur la table de chevet. Ces nouveaux objets l'attirèrent comme un aimant. Elle roula du lit et s'en empara avec avidité. Elle passa vite-fait la robe de la veille par-dessus sa tête et, quelques minutes plus tard, elle était sur le ventre, jambes en l'air, la peinture mélangée et le début d'un paysage en train de prendre vie sur le papier.

Elle passa des heures à peindre ses fleurs préférées, les coquelicots rouges qui fleurissaient dans les jardins de la Galerie, et les baigna de soleil sous un ciel bleu, sans dôme.

— Tu as plus de talent que je ne le pensais.

Manquant de sauter au plafond, Claire regarda par-dessus son épaule, posa une main sur son cœur et s'écria :

— Tu es là depuis longtemps ?

— Assez longtemps, répondit Shepherd en s'agenouillant à côté d'elle.

D'un geste nerveux, elle rassembla ses peintures et ses pinceaux avant que le géant ne les piétine ou ne soit d'humeur à les lui reprendre. Elle alla nettoyer le tout dans l'évier de la salle de bain. Lorsqu'elle eut terminé, elle retrouva Shepherd assis sur le lit, les coudes sur les genoux, en train d'admirer la peinture qui séchait contre le mur, près de la table de nuit.

— Quelle heure est-il ? demanda Claire en refermant la porte de la salle de bain.

Il était penché en avant, les yeux braqués sur la toile, le regard étrange.

— Le soleil se lève.

Claire s'approcha du croquis et tendit la main pour le recentrer. Quand elle reposa les yeux sur le géant au repos, elle vit dans son regard une lueur d'amusement, comme s'il trouvait son geste attendrissant.

Claire fit un pas en arrière.

— Tu allais sourire, la rabroua-t-il, comme s'il s'attendait à ce qu'elle sourie sur commande.

Elle reposa ses yeux verts – de la même couleur que la tige des coquelicots – sur la peinture. Elle savait que sourire n'y changerait rien.

— Si je souriais maintenant, ce ne serait pas réel.

— Tu n'apprécies pas tes cadeaux ?

— J'aime la peinture. Tu le sais, répondit-elle en hochant la tête, ses poings fourrés dans les poches de sa jupe.

— Alors peins-en une autre, suggéra Shepherd en se relevant et en s'approchant du bureau.

Claire ne se remit pas à peindre ; elle n'était plus d'humeur.

Assis tel un malabar au petit bureau, Shepherd accéda à son écran COM et l'ignora. Claire recommença à arpenter la pièce tel un animal en cage privé d'espace pour courir. Elle jeta un coup d'œil à l'arrière de son crâne tant détesté et soupçonna que son inattention était une ruse. Qu'à tout moment, il pouvait se retourner et lui présenter son érection.

Mais il continua de l'exclure – comme s'il essayait de la briser, de la dérouter… et de le faire subtilement jusqu'à ce qu'elle craque.

Le souffle saccadé, les poings serrés dans ses mèches noires, prête à s'arracher les cheveux, elle répétait en boucle « *Je suis Claire* » dans sa tête.

— Viens ici, commanda Shepherd d'une voix mesurée, sans même tourner la tête dans sa direction.

La dernière fois qu'elle avait ignoré une sommation, il l'avait baisée trois fois de suite, alors même qu'elle l'avait supplié d'arrêter. Il l'avait laissée à bout et repue à tel point qu'elle n'avait pu que rester allongée sans bouger et regarder le mur. Claire s'approcha de lui, les cheveux en bataille, et fit ce qu'il lui avait demandé.

Une grande main enveloppa toute sa hanche et l'attira plus près de lui.

— Tes ruminations t'accablent, dit la montagne en se tournant vers elle.

Pourquoi la réprimandait-il pour ses émotions ? Les êtres humains normaux, ceux qui n'étaient pas des meurtriers psychopathes, avaient des sentiments. Et les gens normaux ne se sentaient pas bien s'ils passaient des semaines entières dans la même pièce avec un monstre pour toute compagnie !

Shepherd enfonça son énorme pouce dans le creux de sa hanche, l'air perturbé.

— Chante-moi quelque chose.

— Heu….

Quoi ? Chanter ? Claire ne voulait pas s'accoupler avec lui, et ce serait la conséquence probable de son refus. Elle fit la grimace, frotta ses lèvres l'une contre l'autre et essaya de ralentir ses pensées assez longtemps pour trouver une chanson. Rien ne lui vint à l'esprit.

— Quel genre de chanson ?

— Quelque chose d'apaisant.

Il voulait qu'elle s'apaise elle-même. Eh bien, il pouvait aller en enfer ! Au bout d'une ou deux minutes de délibération, alors qu'elle sentait la pression insistante de son pouce sur sa peau, Claire se décida pour une ballade bien connue datant d'avant l'époque des dômes. C'était une chanson sentimentale qui dépeignait l'amour sous un faux jour, mais elle lui avait toujours plu.

Même si, désormais, elle était moins naïve. L'amour véritable n'existait pas – Claire en était sûre. Il n'y avait qu'endoctrinement, produits chimiques et salauds qui vous enfermaient dans une cellule.

Quand elle termina la chanson, sa voix avait pris un accent affligé. Ses ruminations avaient été remplacées par du désespoir. Il n'y aurait jamais de héros. Leur lien croissant lui faisait bien faire comprendre qu'il n'y aurait jamais que le grand Alpha assis devant elle. Un homme dont elle détestait le visage de tout son cœur.

— À genoux.

D'une pression de la main, Shepherd lui suggéra en douceur d'obéir à son ordre de sa propre volonté, ou il l'y forcerait. Humiliée, elle s'agenouilla et leva les yeux pour croiser son regard argenté, la lèvre tremblante, certaine qu'il la punirait pour ses pensées moroses.

Lorsqu'il se contenta de poser sa tête sur ses genoux, elle poussa un soupir de soulagement. Il la caressa tout en travaillant, laissant Claire pleurer doucement sur le tissu qui couvrait sa cuisse, réconfortée mais déconcertée tandis qu'il jouait avec ses mèches.

On frappa à la porte. Surprise, Claire fit mine de se lever. Une main appuyée sur sa nuque, Shepherd la força à rester à genoux avant d'aboyer l'ordre d'entrer. Elle aurait dû s'en douter… sa posture soumise n'était qu'un spectacle destiné à ses disciples lorsqu'ils viendraient le voir.

Depuis ses chaleurs, personne n'était entré dans la pièce, personne n'avait vu ce qu'elle était devenue. Quand elle jeta un regard à la dérobée vers la porte, elle vit le même Bêta que le premier jour. Les deux hommes échangèrent quelques mots dans une langue grossière qui ne lui disait rien. Claire garda son visage tout contre la cuisse de Shepherd.

Leur conversation s'éternisait tant que ses genoux lui faisaient mal, et le poids de la main qui ébouriffait les cheveux sur sa nuque ne cédait pas d'un pouce. Elle posa une main sur la cuisse de Shepherd et le griffa doucement pour attirer son attention, consciente qu'il se vengerait si elle s'éloignait – surtout sous les yeux d'un autre mâle.

— Shepherd, murmura Claire contre sa cuisse, s'immisçant dans leur conversation.

Cela fonctionna. La grande main se baissa et vint relever son menton jusqu'à ce que leurs regards se croisent.

— Oui, ma petite ?

Son regard était celui de la concentration clinique, et elle ne sut pas si l'interrompre avait été une si bonne idée.

— Mes genoux…

Shepherd la fit asseoir sur ses genoux et commença à frotter distraitement ses rotules tout en continuant à discuter avec son second, comme si ce n'était rien. Le visage enflammé, Claire ne sut ce qui était pire : rester à ses pieds comme un chien ou être assise sur ses genoux comme un enfant. Si les hommes remarquèrent sa gêne, ils ne le montrèrent pas.

L'Oméga observa le Bêta, sa posture crispée et son visage austère, et remarqua qu'il ne tournait jamais son attention vers elle. Il était beaucoup plus petit que Shepherd, à peine plus grand qu'elle, mais son corps était si sec que Claire soupçonnait qu'il était très dangereux.

Leur discussion arriva à son terme et, l'espace d'un instant, les yeux bleu vif de l'homme se posèrent sur elle.

Shepherd gronda si hargneusement que Claire sursauta. Le disciple s'inclina, soumis, et sortit sans ajouter un mot.

Shepherd la tripota sans attendre et tourna son visage alarmé vers le sien, forçant son Oméga à croiser ses yeux acier dilatés. Elle y vit une possessivité intense qui lui noua l'estomac. Ces mains, si grandes, commencèrent à la frotter et à lui faire faire exactement ce que leur

53

propriétaire voulait – caressant un sein, puis la marque de sa morsure sur son épaule, entourant sa gorge…

— Pourquoi le regardais-tu ? demanda-t-il d'un ton grave, teinté d'une déception évidente.

— Je n'ai vu personne depuis… Je ne sais même pas depuis combien de temps je suis enfermée ici, répondit Claire en fronçant les sourcils.

— Alors tu trouves acceptable de regarder d'autres mâles ?

— Oui…, répondit-elle d'une voix perdue en faisant la moue.

Shepherd aboya, et ses lèvres balafrées se retroussèrent.

— Ton comportement est inacceptable. Je t'ai donné de la peinture, et tu ne m'as même pas remercié. Je t'ai donné du réconfort, et tu as regardé le Bêta.

— Je ne veux pas de tes putains de peintures ! cracha Claire. Je ne veux pas m'incliner à tes pieds et être caressée comme un animal de compagnie sur tes genoux. Je veux rentrer chez moi ! Je veux retrouver ma vie !

De colère, il la repoussa et la fit tomber par terre. Elle atterrit sur sa hanche et leva les yeux. Ses pupilles étaient dilatées, son visage, pâle. Le fil qui les reliait fut salement bousculé… encore plus que ses os après sa chute. La montagne furieuse se redressa lentement sur ses pieds pour la toiser.

Il semblait prêt à l'écraser ; elle ferma les yeux et anticipa le coup, priant pour une fin à toutes ses souffrances. Elle n'entendit que le silence, ponctué par sa respiration laborieuse. Dix secondes s'écoulèrent sans que rien se passe. Lorsqu'elle finit par entrouvrir un œil, Claire découvrit qu'elle était seule. Shepherd était parti si silencieusement que même la porte n'avait pas osé grincer.

Soufflant un bon coup, elle se laissa retomber sur le sol, son cœur battant à tout rompre. Une pensée la frappa – elle n'avait pas entendu le verrou métallique se refermer.

La porte pourrait bien être déverrouillée.

Paniquée, elle se sentit complètement secouée par le regard assassin que lui avait adressé son partenaire – *pas partenaire,* se rappela-t-elle. Par le regard assassin de Shepherd. Elle se leva et courut vers la sortie. Elle tira le levier qui, par chance, tourna, et se retrouva face à un couloir vide.

Gauche ou droite ? Elle ignorait le chemin mais, percevant l'odeur de Shepherd dans une direction, elle se précipita comme un lapin effrayé dans la direction opposée. Avant la chute de la ville, elle allait souvent courir dans les nombreux parcs de Thólos. Pas uniquement pour s'entraîner, mais pour s'assurer d'être plus rapide que tous ceux qui auraient pu vouloir l'attraper. Les semaines de confinement n'avaient en rien atténué sa vitesse. Elle ignora le choc douloureux de ses pieds nus contre le sol. Des larmes dévalaient ses joues, et sa respiration était saccadée tandis qu'elle s'efforçait de conserver un rythme de course régulier. Tournant à gauche puis à droite, elle suivit le bruit de l'eau. Elle trouva une échelle et vola de barreau en barreau sans se préoccuper des cris des hommes et de la course folle des disciples à ses trousses. Elle ouvrit une trappe, fut temporairement aveuglée par son premier aperçu du soleil depuis des semaines, et crapahuta hors de l'obscurité.

Elle fonça sur une chaussée au hasard, serpenta dans les ruelles et gravit les terrasses de plus en plus hautes. Son corps dégageait de la vapeur dans le froid des sphères basses. Elle arriva à un carrefour, eut un haut-le-cœur, puis cracha de la bile au sol. Sous ses yeux se trouvait un pont démoli entre deux quadrants ; un gouffre immense, impossible à franchir, qui la séparait de l'issue la plus proche. Elle fut tentée de sauter, afin que tout soit terminé. Plus de Thólos, plus de Shepherd, plus d'extase divine lorsqu'il la baisait, suivie de dégoût d'elle-même.

Mais les autres Omégas... Elle les avait laissé tomber. Elles devaient savoir pour les cachets bleus, et aussi que Shepherd ne les aiderait pas. Ce fut cette seule pensée qui la força à continuer à avancer.

Claire courut pendant des kilomètres, serpentant et faisant des tours sur elle-même pour brouiller sa piste et le flair de ceux qui pouvaient la sentir. Elle courut jusqu'à en vomir et s'avachir contre un amas de poutres métalliques. Puis elle le vit, la chose la plus belle que ses yeux aient jamais vus. Un Bêta, un inconnu, était penché sur elle pour l'aider... menait son corps sanglotant à l'abri du froid et de la douleur.

Il lui dit qu'il se prénommait Corday.

Chapitre 4

Claire se réveilla sur un divan inconnu, le visage illuminé par le soleil. Prise d'un mal de tête, elle se redressa et regarda autour d'elle. L'appartement à une chambre du Bêta était petit, peu fourni comme le sien, avec rien de plus que l'essentiel et une seule plante purificatrice d'air flétrie.

Corday était debout dans la cuisine et, à en croire l'odeur, il était en train de faire frire des œufs.

— Vous aimez le café, mademoiselle ?

Bon sang ! cela faisait des mois qu'elle n'avait pas eu accès à du café. Salivant déjà, elle hocha la tête et écarquilla tant ses yeux verts qu'il se mit à glousser. Le jeune homme s'approcha en souriant et lui tendit une assiette et la tasse fumante.

— Désolé, mais je n'ai ni sucre ni lait.

Elle s'en moquait pas mal. Claire porta la tasse à ses lèvres et la sirota en poussant un soupir d'aise.

— Merci.

— Mangez. Quand vous aurez terminé, vous pourrez prendre une douche et, ne le prenez pas mal, mais vous voudrez probablement enfiler quelques-uns de mes vêtements sales pour masquer votre odeur.

Après sa course folle et toute cette transpiration, elle sentait l'Oméga à plein nez. L'offre de Corday était extrêmement aimable, à supposer qu'il n'essayait pas de la piéger comme le dernier homme l'avait fait.

Percevant le trouble sur le visage de la femme, Corday ajouta :

— Je ne vous ferai aucun mal.

— Pourquoi m'aidez-vous ? demanda-t-elle, méfiante.

— Je suis un exécuteur.

— Tous les exécuteurs sont morts, dit-elle en secouant la tête. Je l'ai vu sur la chaîne Interdôme et sur les images des caméras de sécurité aux portes du secteur judiciaire. La contagion de Shepherd les a tués.

Les habitants du Dôme craignaient peu de choses davantage que la maladie qui avait réduit des milliards d'êtres humains à quelques millions en une seule génération. La population avait commencé à s'entredéchirer pour l'accès aux vivres. La consomption avait détruit la culture globale, et la vie n'était devenue possible que sous la gestion prudente des Dômes. Savoir que les thólossiens avaient vu ses frères et sœurs d'armes mourir en crachant du sang, que des amas de cadavres pas consacrés attendaient sous clé quelque part et que les survivants potentiels du secteur judiciaire avaient sans doute été brûlés vifs au début de la quarantaine, effaça son sourire. Corday devint triste, et son visage parut soudain très jeune.

— Pas tous, mademoiselle. Certains d'entre nous étions de patrouille hors du secteur judiciaire quand ils l'ont mis en quarantaine.

— Je m'appelle Claire, dit-elle en sentant sa lèvre inférieure trembler.

Corday l'étudia prudemment et vit une femme qui montrait tous les signes réactifs d'abus.

— Vous allez bien, Claire ?

Bon Dieu, comme il était agréable d'entendre quelqu'un prononcer son nom !

— Je ne vais pas bien, répondit-elle dans un murmure en secouant la tête.

Il longea le divan, puis s'assit aussi loin que possible de la femme bouleversée. Les mains sur les genoux, ses yeux bruns doux, il lança :

— Racontez-moi ce qui vous est arrivé.

Elle était sûre que Corday la ficherait à la rue dès qu'elle aurait prononcé le nom « Shepherd ». Elle détestait mentir, mais elle allait avoir besoin de prendre une douche et de vêtements chauds pour survivre dans les basses sphères.

Ou alors, peut-être n'était-elle pas obligée de mentir… Peut-être pouvait-elle simplement commencer par le début.

— Les dealeurs de rue revendent des faux bloqueurs de chaleur. Ils ressemblent comme deux gouttes d'eau aux petits cachets bleus, mais ce ne sont pas des suppresseurs de chaleur. Plutôt le contraire. Ils provoquent artificiellement les chaleurs, ce qui nous prend au dépourvu quand nous sommes vulnérables.

— Et c'est ce qui vous est arrivé ? demanda Corday, l'incitant gentiment à continuer.

Claire ne répondit ni par la positive ni par la négative ; c'était inutile. Les grosses larmes qui roulèrent sur ses joues lui donnèrent sa réponse.

Comprenant qu'elle était sur le point de craquer, Corday hocha la tête.

— Je vais faire ma petite enquête, promit-il. Maintenant, terminez votre déjeuner.

Son sourire juvénile réapparut, et il recula vers la cuisinière.

— J'ai dû me battre contre six femelles Alpha pour me procurer ces œufs, la taquina-t-il.

Elle poussa un petit rire forcé en entendant sa blague et but une autre gorgée de café. Mais elle eut du mal à le savourer. La conviction inébranlable que Shepherd pouvait défoncer la porte à tout moment lui barbouillait l'estomac. Pire encore, Corday pouvait bien lui avoir menti et attendre l'occasion de la vendre à un Alpha.

L'esprit en ébullition, elle observa le jeune homme. Elle ne vit aucune projection d'attirance de sa part. Il n'était pas sexuellement excité. Ce n'était qu'un homme qui cuisait des œufs dans sa cuisine. Il paraissait sincère et inoffensif... Son odeur lui était même acceptable. Mais elle ne pouvait se fier à personne à Thólos, pas après que l'assaut eut déchaîné le chaos et que les citoyens furent devenus des sauvages.

Les envahisseurs étaient sortis de la terre comme des fourmis – se déversant de la Crypte, où ils avaient été emprisonnés pour des crimes jugés impardonnables – et en formation si méticuleuse que le gouvernement de Thólos était tombé en quelques heures. La tâche avait été facile, car le peuple avait été terrifié par les images qui passaient en boucle sur la chaîne Interdôme.

Tout le monde avait été témoin des signes accélérés de la contagion rouge ; les symptômes de la grande épidémie étaient connus même des plus jeunes. Elle avait décimé les hommes et les femmes qui avaient juré de protéger les citoyens de Thólos.

Shepherd avait menacé d'infecter tous ceux qui lui résisteraient.

60

La ville s'était retournée contre elle-même. Les hommes et femmes autrefois pacifistes avaient commencé à escorter tous ceux qu'ils jugeaient douteux à la Citadelle afin qu'ils y soient éliminés. Et elle était là, en train de se forcer à avaler ses œufs refroidis, terrifiée que Corday s'en prenne à elle.

Elle ne s'approcha pas pour lui rendre l'assiette ; elle se contenta de la poser sur le bord du plan de travail avant de détaler vers la salle de bain pour se laver. Sous un jet d'eau froide, Claire frotta son corps pour effacer le moindre souvenir de Shepherd. Elle savait que Corday avait dû sentir l'odeur d'Alpha qui la saturait. Elle fut mortifiée en sentant le fil vibrer dans sa poitrine, telle une revendication du marquage.

Elle ferma les yeux et put presque entendre Shepherd se déchaîner et pousser des rugissements de colère. Puis, quelque chose de bien plus déroutant fit fourmiller sa peau. Si elle pouvait sentir sa fureur, lui pouvait sûrement sentir sa terreur abjecte. À cause de leur lien, Shepherd était toujours avec elle, même en ce moment, sous la douche, la sentant à travers le fil qui les reliait. Claire se mit à hyperventiler et à se répéter mentalement, *ce n'est que l'instinct*. Elle se força à ouvrir les yeux pour se prouver que seul du carrelage décoloré l'entourait.

Shepherd n'était pas là. Il n'était pas en train de l'observer, prêt à lui lacérer la gorge.

Claire referma le robinet et se sécha avec une serviette imprégnée de l'odeur d'un autre homme – un homme qui n'avait pas une seule fois essayé de la blesser. Du moins, pas encore. Elle sortit les vêtements les plus odorants de son bac à linge sale et enfila un pull qu'il avait dû porter pour s'entraîner, ainsi qu'un pantalon de survêtement qui, connaissant les hommes, n'avait sans doute pas été lavé depuis des semaines.

Debout devant le miroir, elle contempla les étranges yeux verts de son reflet en essayant de comprendre pourquoi le visage qui lui rendait son regard semblait si empli de regret. Dégoûtée par cette femme, Claire pivota et retourna dans le salon. Corday était toujours debout dans la cuisine, en train de manger son repas. Il hocha la tête, la bouche pleine.

— Je n'ai rien à troquer et rien pour rembourser les vêtements pour l'instant. Mais je le ferai quand je le pourrai.

Sa voix ne lui ressemblait pas ; on aurait dit celle d'une étrangère.

Quand Corday la vit s'approcher de la porte, il avala rapidement sa bouchée et avança prudemment vers elle.

— Mademoiselle, vous êtes sous le choc. Errer dans le dôme dans votre état n'est sans doute pas une bonne idée. Vous avez besoin de repos, de retrouver vos repères. Vous êtes en sécurité ici, si vous avez besoin d'un endroit pour vous remettre.

Ses paroles semblaient si raisonnables, même le poids de sa main sur son épaule, qui la ramenait vers le divan. Machinalement, Claire s'allongea. Il la couvrit avec une couverture, et le sommeil s'empara d'elle ; un recoin de son esprit s'émerveillait toujours de la sensation du soleil sur son visage.

***

Les cauchemars commencèrent cette nuit-là. Claire courait dans les rues de Thólos, à travers la fumée et la dépravation. Les bâtiments qu'elle escaladait étaient des ruines, bon nombre en feu. Tout était décimé, comme sur les photos des villes pendant la guerre de Pré-réforme, exposées dans les Archives. Qu'importait la direction dans laquelle elle tournait, elle ne pouvait échapper à la foule dans son dos, ni aux visages moqueurs des Alphas enragés et des Bêtas violents... Ils voulaient la réduire en charpie, car tout était sa faute. Elle avait déchaîné la rage du monstre. C'était à cause d'elle que Thólos récoltait encore plus de souffrance.

Des mains commencèrent à arracher ses vêtements, mais elle persévéra. Ses poumons brûlaient tandis qu'elle essayait de se frayer un chemin dans la brume. Elle se trompa de direction et se retrouva coincée au sommet d'un viaduc effondré, acculée et pétrifiée. Et le voilà qui se dressait à présent dans la pénombre, à l'attendre. Tel une montagne, Shepherd tendit la main et l'appela à lui en recourbant un doigt.

Entre les chiens dans son dos et le diable devant elle, elle ne savait plus de quel côté se tourner. Elle n'eut d'autre choix que de sauter vers sa mort.

Claire se réveilla dans un cri.

Corday se précipita vers le lit et alluma une lampe torche pour percer l'obscurité imposée par le couvre-feu sur Thólos.

— Tout va bien. Tu es en sécurité, Claire, dit-il d'une voix apaisante.

Elle jeta ses bras autour de l'étranger et se raccrocha à lui comme à un radeau de survie.

— Il va me retrouver, murmura-t-elle en tremblant. Il me cherche déjà.

— Il ne te trouvera pas ici. Tu comprends ? Ce n'était qu'un cauchemar. Qui qu'il soit, il ne peut plus te forcer. Tu es libre ; tu as le choix.

J'ai le choix ?

63

Ces mots lui parlèrent, et elle commença à se calmer. Claire se rallongea et essuya le mucus et les larmes sur son visage, faisant de son mieux pour se ressaisir.

— Tu aimerais que je reste assis ici ? demanda Corday, son visage illuminé par le halo de la torche.

Elle secoua la tête et répondit d'une voix défaillante :

— Non… Je me sens mieux, maintenant. Merci.

Elle mentait, évidemment.

Elle ne dormit pas du restant de la nuit. Elle resta assise sur le canapé, à regarder les ombres. Ce ne fut que lorsque le soleil se leva, lorsqu'elle put sentir la lumière, que Claire trouva le courage de fermer les yeux.

***

Corday avait laissé une note sur la table basse, expliquant à la femme endormie qu'il était parti chercher des provisions. Étant donné le nombre de défunts, il ne lui fallut pas longtemps pour trouver des chaussures de femmes abandonnées au fond d'une armoire, dans un appartement où ses voisins ne vivraient plus, désormais.

Les disciples de Shepherd circulaient dans les rues, sur le qui-vive. Corday s'assura de garder la tête baissée pour éviter d'être repéré. Plusieurs personnes se firent arrêter et prendre à part au hasard. Ce n'était rien de nouveau mais, ce jour-là, les sbires de Shepherd ne semblaient cibler que les femmes. Ils baissaient leurs écharpes, exposaient leurs cheveux couverts et les reniflaient de près. Plusieurs femelles Alpha commencèrent à s'énerver. À mesure que la fouille continuait, même les Bêtas commencèrent à montrer les dents.

Enquiquiner les femmes était une manière sûre de déclencher une nouvelle vague d'émeutes. Les femmes seules, surtout les Alphas, réagiraient à l'instinct. Si leurs enfants étaient dans les parages, elles pourraient même devenir agressives. Sans oublier leurs partenaires. Alpha ou Bêta, personne n'aimait voir sa femme se faire harceler.

Il croisa attroupement après attroupement dans une atmosphère tendue. Corday avait hâte de retrouver l'Oméga agitée et de lui montrer les vivres qu'il était parvenu à rassembler.

Elle était réveillée et avait tourné la tête vers la porte dès qu'elle avait entendu la clé dans la serrure. Voyant l'exécuteur lui lancer un sourire apaisant, Claire poussa un soupir et secoua la tête, comme si sa réaction avait été stupide.

— J'ai trouvé des chaussures qui pourraient t'aller, annonça Corday en montrant sa prise usée.

— Elles ne sont pas très jolies, dit-elle pour essayer de le charrier, mais sa voix monotone fit tomber sa blague à plat.

Claire réessaya en modulant sa voix et en forçant un sourire.

— Merci.

— On est jeudi. On aura l'électricité dans la zone ce soir, dit-il en verrouillant la porte et en posant les chaussures par terre, près de la femme. Au lieu de regarder la peinture s'écailler, on pourrait regarder un vieux film de ma collection. Si tu veux.

— D'accord.

Laissant Claire enfiler ses *nouvelles* chaussures sur des chaussettes malodorantes qu'elle lui avait empruntées, Corday s'assit au bout du canapé ; ils ressemblaient à deux serre-livres dépareillés. Il leva la télécommande. L'écran s'alluma sur la chaîne Interdôme de Thólos. Des correspondants inconnus passaient en boucle toutes les cinq minutes, détaillant quels secteurs recevraient des rations fraîches le lendemain, l'emplacement des points de collecte et les visages des *criminels* recherchés.

Claire n'écoutait pas, car toute son attention était tournée vers la date figurant au coin de l'écran.

— Cinq semaines…

Corday n'avait pas besoin d'être un génie pour comprendre le marmonnement de la femme. Cinq semaines : le temps qu'elle avait passé enfermée.

Elle essayait de lui cacher l'horreur qu'elle ressentait, aussi Corday inséra la clé qui contenait ses précieux films et choisit quelque chose de gai, que la plupart des gens auraient reconnu. Son plan marcha. Au bout de trente minutes, les épaules de Claire avaient perdu un peu de leur rigidité.

— Je le regardais souvent avec mon père, quand j'étais gamine, lança-t-elle avec un demi-sourire. Il adorait ce film.

— On dirait que ton père avait très bon goût, rétorqua Corday en lui adressant un sourire en coin.

— Ça oui, opina Claire, le visage moins tragique. C'était un gars vraiment marrant. Mais un peu trop Alpha…

Ils ricanèrent de concert ; ils voyaient tous deux très bien ce qu'elle voulait dire. Les parents Alphas étaient fanatiques en ce qui concernait leurs enfants. Ils se mêlaient de tout, se vantaient constamment… En général, des emmerdeurs de première.

— Et ta mère ?

— Une Oméga coincée et sans aucun sens de l'humour… Elle nous a quittés quand j'avais douze ans.

C'était très inhabituel. Avoir des enfants transformait généralement les Omégas en parents extrêmement dévoués. De plus, le marquage l'aurait contrainte à retourner vers son Alpha. Corday voulait lui poser la question, et cela était si évident que Claire cracha le morceau sans attendre – ce n'était pas nouveau, après tout.

— Elle a trouvé un coin tranquille dans les jardins de la Galerie et elle a avalé tout un flacon de médicaments – overdose. Elle ne supportait pas de vivre enchaînée à quelqu'un qu'elle n'aimait pas.

— Toutes mes condoléances.

Claire secoua la tête, ce qui fit balancer ses cheveux noirs.

— Ce n'est rien. En fin de compte, elle a fait son choix. Je respecte ça. Et toi ? demanda-t-elle en reposant les yeux sur l'écran. Tes parents étaient comment ?

— Tous les deux des Bêtas. Mon père a été envoyé dans la Crypte quand j'étais gamin. Il… volait des trucs. Ma mère m'a élevé. Elle est morte le jour où Thólos a été assaillie.

Elle reposa ses yeux verts sur l'homme à l'autre bout du canapé, celui qui avait été si gentil avec elle. Elle vit du chagrin dans ses sourcils froncés.

— Je suis navrée.

— Moi aussi, dit-il, sentant un éclair de compréhension passer entre eux.

67

Ils se retournèrent vers l'écran et rirent aux moments drôles, sans savoir avec certitude si l'autre faisait semblant ou pas. Après le générique, Corday leur prépara à dîner et fut surpris de voir que la cuisine avait été récurée pendant son absence. Il observa l'arrière de son crâne, la vit jouer nerveusement avec ses cheveux et se demanda comment diable le monde était devenu tel qu'il était.

***

Si Claire s'asseyait au *bon* endroit sur le sol et inclinait la tête, elle pouvait voir un petit coin de ciel qui n'était pas bloqué par les bâtiments environnants. Les rayons du soleil, directs et délicieux, réchauffaient sa peau, mais quelque chose lui paraissait faux. Corday lui avait demandé de ne pas sortir, et elle devait bien reconnaître qu'elle était terrifiée de mettre un pied dehors. Il lui semblait tellement ironique qu'elle ait rêvé de respirer l'air frais à nouveau et que, maintenant qu'elle le pouvait… elle en était incapable. Mais elle pouvait au moins regarder par la fenêtre, accroupie pour que personne à part les oiseaux qui volaient au-dessus de sa tête ne puisse la voir.

Les yeux posés sur les nuages, Claire sentit son esprit se taire peu à peu. Elle poussa un profond soupir et savoura le murmure du bruit ambiant. Une heure s'écoula avant qu'elle ne soit tirée de sa rêverie, surprise, et ne panique en entendant un son qui n'aurait pas dû être là.

Le ronronnement de Shepherd était tout autour d'elle.

Certaine que le monstre se trouvait juste derrière elle, elle tourna la tête à gauche et à droite, ses yeux balayant frénétiquement le petit appartement. Personne n'était là.

Mais il était *présent*…

Claire savait – rationnellement – qu'elle était seule, mais elle pouvait presque le sentir dans l'air. Le cœur battant, elle replia ses genoux sous son menton et se retourna vers la vue, résolue à contrôler *son* esprit. Plus elle luttait, plus le vermisseau dans sa poitrine se réchauffait. Encore et encore, elle pouvait sentir un léger tiraillement sur le fil. C'était la sensation la plus étrange, comme si la bête était parfaitement calme et l'appelait presque avec douceur.

Claire ne s'y fiait pas.

Shepherd était un homme agressif, que ce soit verbalement, en tempérament ou au lit. Il n'y avait pas de « douceur » chez lui, à moins qu'elle ne lui serve. Et la générosité dont il avait fait preuve envers elle avait toujours été calculée. Il n'avait pas de sentiments. Ou, s'il en avait, ils étaient si teintés de mégalomanie qu'ils ne comptaient pas vraiment. Quoi qu'il pense gagner en essayant de l'appâter avec cette invitation douce et insaisissable de leur lien, elle n'allait pas le lui donner. Claire allait rester sous cette fenêtre et ce coin de ciel, et rejeter l'obscurité et l'isolement.

Quelques heures plus tard, elle était de retour sur le divan, en train de lire un livre qu'elle avait déniché dans la petite collection de Corday. C'était la première fois que ses yeux se posaient sur du papier depuis une éternité. Sous terre, elle n'avait pas une seule fois touché aux livres de Shepherd – comme si ces textes interdits auraient pu la contaminer avec son mal et son esprit tordu.

Elle eut bon de faire quelque chose de normal.

Corday revint au crépuscule. Ils s'échangèrent les civilités d'usage. Claire s'attendait toujours à ce qu'il lui montre la porte. Mais, encore une fois, il ne sembla pas dérangé par le fait qu'une intruse soit tranquillement assise dans la seule pièce de son appartement. Corday s'occupa de ses affaires, et elle retourna à son livre. Bien plus vite qu'elle ne l'aurait pensé, les lumières étaient éteintes et elle était couchée sur le divan, prête à affronter une autre nuit sans sommeil dans l'obscurité terrifiante.

Quand elle s'endormait, des rêves criants de réalisme la harcelaient et la tourmentaient – toujours la même scène. Dans chaque cauchemar, Shepherd rôdait dans les ténèbres, et les mains brutales d'inconnus cherchaient à l'attraper et à la blesser si elle ne se précipitait pas vers lui, si elle n'escaladait pas plus haut la tour démolie.

Le viaduc qui aurait pu la mener dans une zone plus sûre – quel que soit le passage qu'elle briguait – était toujours brisé. Il n'y avait pas d'échappatoire. À sa gauche se trouvait son plus grand cauchemar. À sa droite, les visages flous de ceux qui voulaient la voir saigner. Elle pouvait les sentir sur cette chaussée géante et abimée : l'air glacial qui s'élevait des basses sphères, la sueur sur son visage après la course. Puis il y avait les yeux vif-argent. Perçants. Déterminés.

Depuis les ombres, Shepherd tendait alors la main vers elle, silencieux dans le chahut et les cris furieux, et recourbait un doigt. À sa plus grande horreur, chaque nuit, ses pieds faisaient un pas de plus vers la chose qu'elle craignait le plus.

Elle se réveillait en proie aux sueurs froides et bondissait du canapé juste pour s'assurer que Corday était bien là. Heureusement pour lui, le Bêta dormait comme un mort, à part pour un léger ronflement. Ce bruit lui apportait beaucoup de réconfort. Elle se parlait alors à elle-même, murmurant pour éviter de le réveiller, et se persuadait que ses craintes n'étaient pas réelles. Que les rêves reflétaient simplement l'influence de leur lien.

Elle était libre. Elle avait le choix.

Quand, enfin, l'envie de vomir se dissipait et que ses tremblements fiévreux s'apaisaient, Claire se rallongeait et s'efforçait de penser à des choses agréables. Toutes les nuits, alors qu'elle contemplait fixement le plafond, les ronflements de Corday se muaient en une respiration bien plus virile dès que le sommeil s'emparait à nouveau d'elle. La sensation d'une main chaude caressant ses cheveux pour l'apaiser, son désir inconscient d'entendre ne serait-ce qu'un instant son exquis ronronnement... Il suffisait d'un petit pas de travers, et les rêves recommençaient à l'envahir ; dix fois, cent fois par nuit ? C'était comme une boucle sans fin.

Quand le soleil se levait, Claire aussi, toujours plus fatiguée que la veille. Corday l'avait également remarqué ; elle le voyait dans ses regards furtifs, sa façon de raser les murs pour ne pas l'approcher de trop près. Ils ne mentionnèrent ni l'un ni l'autre la dégradation de son état. Après tout, à quoi bon ? Ce ne fut qu'à l'aube du cinquième jour – quand il lui annonça qu'il ne reviendrait pas avant le lendemain matin –, que le Bêta glissa une main dans sa poche et en sortit un cachet blanc et rond.

— Il t'aidera à dormir, si tu veux.

Avec un sourire conciliant, il le laissa sur le plan de travail et lui souhaita une bonne journée. Claire n'y toucha pas, subjuguée par le comprimé arrondi, mais surtout circonspecte étant donné les ennuis que ces produits avaient apportés dans sa vie. La tentation de le jeter dans l'évier était aussi forte que celle de l'avaler immédiatement.

Toute la journée, la pilule lui rendit son regard. Les doigts agrippés au bord du plan de travail, Claire s'accroupit pour se retrouver à hauteur de la petite tentatrice en blanc. Et si elle la prenait mais que le sommeil refusait de venir ? Et si les rêves accompagnaient le sommeil et qu'elle ne parvenait pas à se réveiller avant d'avoir rejoint l'homme que son lien manipulateur transformait en sauveur ? Et si elle avalait tout un flacon de comprimés ?

Pour finir, à la tombée de la nuit, elle décida de ne pas prendre la petite pilule blanche. À la place, elle la cacha. Allongée dans le noir, pelotonnée sous plusieurs couches de couvertures, Claire ferma les yeux, et le même film rejoua en boucle dans son esprit. Yeux d'argent, main tendue, méchants et fumée... Mais, cette nuit-là, quand elle se réveilla, il n'y avait pas d'homme ronflant dans le coin de la pièce, avec qui synchroniser les battements de son cœur. Recroquevillée, délirant à cause de la privation de sommeil, elle crut devenir folle et entendre des voix. Alors que les heures s'étiraient sans fin, Claire, déroutée, finit par se rendre compte avec une appréhension insidieuse que c'était le souffle rauque de Shepherd qu'elle imaginait dans le coin, et non les ronflements du Bêta. C'était la main de Shepherd qu'elle sentait presque caresser ses cheveux.

Dans ses os, elle sentit que si elle pouvait seulement entendre son ronronnement quelques secondes, un sommeil serein l'emporterait enfin.

Chapitre 5

— Les marqueurs génétiques de Shepherd ne correspondent à ceux d'aucun prisonnier dans nos registres. Je vous le dis, il n'a jamais été incarcéré dans la Crypte, annonça catégoriquement la brigadière Dane.

Corday avait déjà entendu mille explications. Aucune d'entre elles n'était plausible. À l'extérieur du Dôme s'étendaient cent kilomètres de toundra gelée dans toutes les directions. L'emplacement de Thólos avait été choisi spécifiquement pour empêcher tout rôdeur potentiellement contagieux de survivre à l'approche. Tout à l'intérieur était autonome et, de son vivant, seules deux navettes avaient reçu l'autorisation d'atterrir. Les seuls individus à bord avaient été des femmes, des citoyennes venues d'autres biosphères et invitées au Dôme Thólos pour diversifier le patrimoine génétique.

Les nouveaux arrivants ne repartaient jamais, tout comme ceux qui avaient servi la même responsabilité à l'étranger ne reviendraient jamais.

Les inspections subies par tout nouvel arrivant étaient rigoureuses. Il était impossible qu'une forme de vie indésirable ait franchi le portail. Quand bien même, le dernier échange avait eu lieu près de dix ans plus tôt.

Corday n'était pas d'accord, et il exprima son opinion aux quelques derniers exécuteurs rassemblés en secret.

— L'homme est couvert de marques Da'rin. Il a été tatoué par les gangs de la Crypte et a été condamné aux travaux forcés assez longtemps pour organiser les indésirables en une armée et pour construire de nombreux tunnels dans tout Thólos sans se faire remarquer.

La brigadière Dane n'était pas une grande fan de la recrue Corday. Sa patience avec le jeune homme était limitée.

— Alors expliquez-moi pourquoi il n'existe pas dans nos registres officiels.

La corruption était un mal que même le Dôme ne pouvait éliminer.

— Parce que quelqu'un l'a jeté au bagne *officieusement*, rétorqua Corday, mâchoires crispées.

— Si c'était le cas, d'autres l'auraient su. On ne descend pas dans ces tunnels en traînant un prisonnier derrière soi sans être vu. Des protocoles de sécurité auraient au minimum été enregistrés. Si un prisonnier avait disparu, les gardes l'auraient remarqué. Ce que vous suggérez nécessiterait un complot de grande ampleur.

Un seul homme dans cette pièce aurait eu le pouvoir et l'habilitation de le savoir. Plusieurs paires d'yeux se tournèrent vers le sénateur Kantor, toutes exigeant qu'il confirme qu'une telle atrocité n'aurait pas été possible.

Le vieil homme leva la main pour faire taire les discussions.

— J'aimerais dire que c'est impossible, mais j'en suis incapable. Tout comme il n'aurait pas dû être possible que ceux piégés dans la Crypte en sortent, que notre gouvernement tombe ou que nos citoyens deviennent fous. Il y a tant de choses que nous ignorons sur l'insurrection. À ce stade, l'identité du chef fanatique des disciples est moins importante que découvrir l'endroit où il entrepose la contagion.

Rien n'avait de sens. Corday soupira et prit la parole.

— Les renseignements de la brigadière Dane expliqueraient l'attaque de Shepherd sur le Sénat et pourquoi il a pendu les corps à la Citadelle. C'était peut-être un acte de vengeance.

— Ou celui d'un psychopathe…, gronda Dane en plissant les yeux.

Vingt-sept corps dans des états de décomposition variés polluaient et empuantissaient l'air filtré du Dôme. Les hommes et les femmes qui avaient servi le Dôme, élus par le peuple, se balançaient au gré des courants d'air ascendants.

Et puis, il y avait celui dont personne n'osait mentionner le nom. Après tous ces mois, ils n'avaient toujours aucune information sur ce qu'était devenu le Premier ministre Callas, le chef non élu du gouvernement de Thólos, porté disparu. Tout ce qu'ils savaient, c'était que le secteur du Premier ministre avait été fermé dès les premiers moments de l'assaut, qu'un barrage en acier avait coupé sa résidence du reste du Dôme. Les disciples de Shepherd ignoraient le secteur, et les citoyens ne le veillaient plus pour supplier qu'on leur accorde l'asile ; ce n'était qu'une porte fermée de plus avec Dieu savait quoi de l'autre côté.

La brigadière Dane n'en avait pas fini. Elle regarda Corday avec méfiance – elle pensait qu'il serait le dernier de ses subordonnés à soutenir sa théorie.

— Mais ça n'explique pas comment il s'est retrouvé armé de la consomption rouge ou comment la maladie a été introduite à Thólos.

Ses cheveux gris hirsutes depuis qu'il ne portait plus sa coupe stricte de fonction, le sénateur Kantor secoua la tête. Le vieil homme semblait avoir du mal à s'expliquer et à trouver ses mots.

— Avant la fermeture des portes du Dôme, plusieurs souches de consomption rouge ont été récoltées pour être étudiées en secret. Seuls les plus hauts niveaux du gouvernement étaient au courant de leur présence. Il y a trente-quatre ans, un accident s'est produit dans le labo chargé de créer un vaccin. La souche a muté de manière agressive. Un technicien a été infecté. En l'espace de quelques minutes, tout le labo a été mis en quarantaine, se lamenta tristement le sénateur Kantor, comme s'il revivait un souvenir épouvantable. J'ai vu les enregistrements de sécurité. Le protocole d'incinération a échoué. Les pauvres âmes enfermées ont souffert… avant de mourir.

L'horreur figea les traits des exécuteurs blottis dans le noir. Le groupe était bouche-bée.

Corday déglutit et essaya d'accepter l'idée que l'épidémie, celle-là même qui avait réduit l'humanité en miettes, avait été sciemment conservée à l'intérieur du Dôme.

— Et la souche mutante… Comment est-elle sortie du labo ? souffla Corday. Comment a-t-elle atterri dans les mains de Shepherd ?

— Je n'en sais rien, répondit le sénateur Kantor en fronçant les sourcils. Le laboratoire est secret et sous scellés. Même moi, je n'ai jamais su où il se trouvait.

Si l'un des membres les plus puissants du Sénat ignorait cette information, et comme la plupart de ses collègues étaient morts ou portés disparus, les derniers exécuteurs se retrouvaient avec encore plus de questions sans réponse.

En voyant tant de femmes et d'hommes dévorés par le doute, le sénateur Kantor carra les épaules et prit le ton de l'orateur.

— Mes amis, il reste tant de choses que nous ignorons, et ces conjectures sans faits pour les étayer ne feront qu'encourager les dissensions. Avançons un pas à la fois, et espérons que les dieux nous mèneront sur la voie du salut.

Le visage sombre, ébranlé comme les autres, Corday offrit au groupe un objectif valable et immédiat, un genre d'os à ronger :

— Je sais où nous pouvons commencer. J'ai appris que les revendeurs de médicaments vendaient de faux inhibiteurs de chaleurs sur les chaussées. Les Omégas qui se cachent entrent en chaleur quand elles s'y attendent le moins et sont le plus vulnérables. Elles se font brutaliser.

Le sénateur Kantor fronça les sourcils et saisit cette information à bras le corps.

— Où as-tu entendu dire ça ?

Corday se tourna vers l'Alpha et essaya d'effacer le dégoût qui s'attardait sur ses traits.

— Il y a quelques jours, j'ai croisé le chemin d'une femelle Oméga terrorisée. Elle s'est effondrée sur un pont.

La brigadière Dane fit un pas vers lui, son sourcil haussé de manière intriguée.

— À quoi ressemblait-elle ?

— En quoi est-ce important ? rétorqua Corday en haussant les épaules.

— C'est important, parce qu'il y a une prime immense pour le retour de cette femme, expliqua le sénateur Kantor d'une voix égale en sortant un tract de sa poche.

C'était un avis de recherche similaire à tous ceux qui jonchaient le Dôme. La jeune femme souriait, ses cheveux noirs ondulés comme ébouriffés par un vent ascendant, ses yeux verts étincelants, doux et engageants. Claire O'Donnell était si adorable et pleine de vie… Et, même si la version que Corday avait rencontrée était brisée et effrayée, il n'y avait pas de doute : c'était bien l'Oméga qui dormait sur son canapé.

Tout commença à avoir un sens. Les femmes se voyaient malmenées aux banques alimentaires parce que tout le monde la recherchait, *elle*. Et la prime était digne de la rançon d'un roi.

— Pourquoi est-elle recherchée ?

Le sénateur Kantor pinça les lèvres et secoua la tête.

— Je n'en sais rien, mais elle pourrait avoir des informations précieuses pour notre cause.

Corday ne pouvait détourner les yeux de la photo. Il inspira profondément, expira par le nez, puis marmonna :

— Alors vous feriez mieux de venir chez moi, dit-il avant d'ajouter, à l'attention du sénateur : Mais vous devez comprendre qu'elle ne se sentira pas à l'aise en présence d'un Alpha. Et, si vous lui montrez le tract, elle pourrait perdre la raison.

Le sénateur Kantor avançait déjà à grands pas vers la sortie.

— Vous autres, vous pouvez y aller. Corday, tu vas me mener à elle sans plus attendre.

L'aube se levait presque lorsqu'elle entendit la clé tourner dans la serrure. Après une nuit cauchemardesque, Claire était agitée et complètement épuisée. Elle bondit vers le mur lorsqu'un deuxième homme – un Alpha – entra dans la pièce à la suite de Corday.

— Ne vous approchez pas ! gronda-t-elle en cherchant des yeux une arme pour le frapper.

Elle se décida sur une lampe, qu'elle serra si fort dans sa main que celle-ci trembla.

Corday et le sénateur Kantor patientèrent près de la porte jusqu'à ce que Claire se sente un peu moins acculée.

Le vieil Alpha eut recours à sa voix douce, à son regard réconfortant et à des années d'expérience de parler à la foule.

— Savez-vous qui je suis ?

Elle hocha la tête, les lèvres pincées et les yeux plissés.

— Vous êtes le sénateur Kantor.

L'homme qui avait été surnommé le « Champion du peuple » avait été encensé pour sa familiarité avec le prolétariat et pour son travail au nom du bien commun dans les basses sphères.

— Je ne vous veux aucun mal, dit-il en penchant la tête vers le jeune exécuteur. Corday ici présent dit que vous avez besoin d'aide. J'aimerais voir ce que je peux faire.

— Ne vous approchez pas, dit-elle en serrant la lampe dans sa main moite.

— Je peux rester ici, suggéra-t-il avec un doux sourire en reculant de quelques pas, avant de s'asseoir sur un tabouret près de la cuisine.

Cela sembla apaiser l'Oméga, qui baissa lentement son arme de fortune. En voyant les cernes noirs sous ses yeux, Corday sut qu'elle avait à peine dormi et put sentir sa peur teinter l'air. La confrontation se poursuivit en silence, Claire observant l'Alpha comme un aigle. Patient, le sénateur Kantor la laissa faire ce qu'elle avait besoin de faire.

Au bout de plusieurs minutes, et quand Claire eut cessé de haleter, le vieil homme se lança :

— Vous avez pris des faux inhibiteurs et vous êtes entrée en chaleur dans un endroit dangereux.

— Oui.

— Que s'est-il passé ?

Elle frotta ses lèvres l'une contre l'autre et inspira profondément.

— Ce qui compte… La seule manière de m'aider, c'est de trouver une façon de protéger les Omégas qui se terrent. Elles meurent de faim… elles ont besoin de manger.

— Je dois savoir ce qui s'est passé avant de trouver un moyen de vous aider.

Claire s'appuyait si fort contre le mur que ses épaules avaient commencé à s'y enfoncer. L'air de plus en plus pitoyable, elle buta sur les mots :

— Il devenait de plus en plus dangereux de nous procurer nos rations aux endroits désignés. De plus en plus d'Omégas se faisaient enlever chaque jour, et celles d'entre nous qui parvenions à ramener de quoi manger… ça ne suffisait jamais pour toutes nous nourrir. Donc nous avons décidé que j'irais à la Citadelle pour demander de l'aide en personne.

« J'ai pris les cachets et je me suis emmitouflée dans des vêtements subtilisés à un cadavre pour masquer mon odeur. J'ai grimpé les marches et je l'ai trouvé. Il a refusé de m'accorder son attention, donc j'ai attendu. »

Elle prit une inspiration tremblante et s'interrompit.

— Tu es entrée au cœur de la Citadelle…, continua Corday prudemment.

Claire hocha la tête.

— Et quelqu'un a profité de toi, hasarda le jeune homme.

Elle voulait leur expliquer, mais elle était bien incapable de laisser ce nom franchir ses lèvres.

— Il y a eu une émeute. Il a tué des tas de gens, puis il m'a emportée.

Les deux hommes remarquèrent qu'elle n'avait pas une seule fois prononcé le nom « Shepherd » – qu'elle continuait à l'appeler « il ». Ce fut le sénateur Kantor qui lui posa la question aussi délicatement qu'il le put.

— Et Shepherd est celui qui vous a prise ?

Claire se mit à pleurer et à geindre en se décomposant.

— Il a refusé de nous procurer des vivres. Il m'a demandé de lui dire où étaient les Omégas pour qu'il puisse les ramener à la Citadelle et en faire profiter ses hommes. Il m'a marquée de force… et m'a enfermée dans sa chambre pendant des semaines.

Elle porta son poing à sa poitrine et commença à la frapper.

— Et je peux toujours le sentir, juste ici.

Ils la dévisagèrent, ahuris et sous le choc.

Il l'avait marquée... L'homme cherchait sa partenaire.

Corday secoua la tête, comme si c'était impossible. Il pouvait comprendre qu'un démon comme Shepherd la prenne pendant ses chaleurs, mais marquer une étrangère semblait extrême. Le lien durait pour toujours. Il n'y avait aucun moyen connu de le briser sans que meure l'un des partenaires. Et les répercussions étaient cruelles – souvent, le partenaire survivant ne pouvait plus jamais se lier. Il avait revendiqué Claire à vie. Pas étonnant qu'elle soit si terrifiée. Un homme possédant le pouvoir de renverser toute une colonie et suivi par des disciples dévoués la traquait et s'était lié à elle.

Elle ouvrit les yeux et se força à cesser de pleurer.

— Je dois prévenir les Omégas. Je dois aller les retrouver.

— Tu ne peux pas sortir d'ici, Claire, maugréa Corday. C'est de Shepherd que nous parlons. Son influence est absolue sous le Dôme.

— Je ne peux pas les abandonner. J'aurais déjà dû y retourner, mais j'étais...

Inutile qu'elle dise qu'elle était morte de trouille – c'était évident.

— Vous êtes une femme très courageuse, lança le sénateur d'une voix forte et encourageante. Ce que vous avez essayé de faire pour vos amies était incroyablement brave, mais vous ne pouvez pas y arriver toute seule. Laissez-nous vous aider. Ensemble, nous trouverons un moyen d'aider les Omégas.

— Comment ? demanda-t-elle en posant ses grands yeux verts sur le vieil homme à la voix douce.

— Pour commencer, nous pourrions leur faire parvenir de la nourriture, des médicaments appropriés... Mais il nous faudra trouver une solution plus permanente. Combien sont-elles ?

— Nous étions environ quatre-vingt-cinq la dernière fois que je les ai vues, répondit-elle en secouant la tête et en s'essuyant les yeux. Mais ça fait plus d'un mois, il pourrait n'en rester que la moitié... Je n'en ai aucune idée.

— Où sont-elles ? demanda le sénateur Kantor.

Les traits de Claire se durcirent instantanément, son visage menaçant. Elle leva le menton et refusa de répondre. Elle voulait d'abord en discuter avec les Omégas, et ce serait à elles de décider si elles voulaient révéler leur cachette à qui que ce soit. Point final.

Les deux hommes ne ratèrent pas l'expression de défi de la femme.

— Je ne leur veux aucun mal, la rassura le sénateur Kantor en levant la main.

Elle gronda, laissant s'exprimer un fragment de son ancien caractère.

— Je ne fais confiance à *aucun* Alpha.

— Je comprends.

Et c'était la vérité. Impossible d'attendre d'une femme qui avait traversé un tel calvaire qu'elle expose d'autres au risque de subir le même sort.

— Donnez-moi quelques jours pour réfléchir à toutes les options et pour rassembler des vivres.

Le sénateur Kantor se leva de son tabouret – Claire avait déjà levé la lampe en signe d'avertissement. Il la salua d'un hochement de tête et sortit.

La journée se passa dans le silence mais, ce soir-là, Corday et Claire regardèrent un autre film ensemble, chacun assis à une extrémité du canapé, un bol rempli de pop-corn au milieu. Sachant qu'elle appréciait les comédies, Corday avait choisi son film préféré. Celui-ci sembla craqueler la carapace de méfiance qui avait forcé Claire à arpenter fébrilement l'appartement toute la journée.

À l'heure du coucher, elle semblait calmée ; Corday s'endormit certain qu'elle était plus forte qu'auparavant.

Il avait raison.

Dès qu'elle entendit ses ronflements, Claire se leva en silence du divan, vola son manteau et sortit pour aller trouver les Omégas. Il faisait noir, et les lumières des tours étaient éteintes – Shepherd avait manipulé l'arrivée du courant pour mettre en place un couvre-feu. Mémorisant l'endroit où elle se trouvait pour retrouver son chemin dans le bâtiment plein de coins et de recoins, Claire courut d'ombre en ombre jusqu'à un site sordide coincé entre deux zones : un dépotoir couvert de givre situé dans la sphère la plus basse. Chaque expiration sortait sous forme d'un nuage de vapeur.

La décharge délaissée avait été remplie, abandonnée et fermée avant sa naissance. Personne ne s'y rendait plus, et le gouvernement n'avait jamais reconverti le site. Comme tout ce qui était considéré sale et se trouvait dans les basses sphères glacées, c'était une zone qu'on évitait généralement. C'était l'endroit parfait pour les Omégas : un abri pour dormir, assez d'humidité dans l'air pour être récoltée et bue sans devoir puiser l'eau des sphères supérieures et la transporter jusqu'ici. Mais c'était une véritable congère. Elles n'avaient ni électricité ni chauffage.

— C'est Claire ! cria quelqu'un quand la femme aux cheveux noirs se faufila par une crevasse dans le mur.

Claire s'approcha des femmes agglutinées pour se réchauffer.

Le souffle court, elle pencha la tête entre ses genoux et essaya de parler, mais elle était essoufflée.

— Les cachets bleus… Des faux…

Quelqu'un lui apporta de l'eau, une autre craqua une allumette et alluma une précieuse bougie. La faible lueur de la bougie éclaira une vue qui lui serra le cœur. Les Omégas étaient squelettiques, et nombre d'entre elles la regardaient d'un œil dépourvu d'espoir. Mais leurs expressions changèrent à la lumière de la bougie ; certaines s'épanouirent à son arrivée, d'autres tombèrent de méfiance. Les pires furent celles d'envie pure… Même si Claire en comprenait la raison. Shepherd l'avait gavée. Elle était en pleine forme. Elle avait pu manger alors que ses sœurs n'avaient rien.

Nona, une des aînées respectées du groupe, prit la parole en premier :

— Douce déesse ! Claire, j'étais si inquiète.

Claire posa ses yeux verts sur le visage en forme de cœur si familier, à moitié caché derrière de ternes cheveux poivre et sel.

— Combien en reste-t-il ?

— Au dernier recensement, cinquante-six.

Claire se sentit mal. Cinquante-six… Près d'un tiers des Omégas survivantes avaient été emmenées pendant la durée de son emprisonnement.

— J'ai tellement de choses à vous dire, dit-elle d'une voix qui prit en force. Si vous ne le saviez pas déjà, les pilules bleues ne sont pas des suppresseurs de chaleurs… Plutôt le contraire. Je suis entrée en chaleur en plein milieu de cette satanée Citadelle.

Les cris d'horreur et les nombreux regards de pitié couvrirent Claire de honte.

— Ce n'est pas tout. Shepherd ne veut pas nous aider. Il refuse d'envoyer des vivres et m'a demandé de lui révéler votre emplacement pour venir vous prendre, vous séparer de la population et vous préparer pour ses disciples.

— Mais n'est-ce pas ce que nous voulions ? siffla une femme rousse à son côté.

Claire regarda Lilian dans les yeux et vit l'état pitoyable auquel elle avait été réduite.

— Tu te retrouverais emprisonnée et offerte au premier inconnu pendant tes chaleurs, liée à un homme de son choix. Il me l'a dit lui-même.

— Mais nous nourrirait-il ?

— Est-ce ce que vous voulez ? demanda Claire en haussant les sourcils.

Elle se retint de pester et de réprimander la femme, et se contenta de secouer la tête.

— J'ai également rencontré le sénateur Kantor. Il nous a offert à manger. Il veut nous aider.

— Comment ? demandèrent plusieurs voix à l'unisson.

— Il a besoin de quelques jours pour échafauder un plan. Quand je saurai ce qu'il en est, je reviendrai vous voir. Alors, nous pourrons toutes décider.

Nona posa une main sur l'épaule de Claire.

— Tu ne restes pas ? C'est dangereux pour toi, dehors. Ne sais-tu pas que ta tête est mise à prix ? Amelia a vu un tract il y a deux jours.

Claire se renfrogna ; l'information n'était pas une surprise, pourtant.

Lilian enfonça un doigt dans la joue de Claire.

— Tu as grossi. Les hommes de Shepherd t'ont nourrie.

— J'ai été enfermée dans une pièce pendant cinq semaines ! aboya Claire en repoussant ses doigts.

— Mais ils t'ont nourrie !

— Silence, Lilian, siffla Nona à l'attention de l'instigatrice. Tu as faim, mais tu n'es pas bête… L'odeur altérée de Claire devrait t'indiquer qu'elle a été marquée. Ils n'hésitent pas à nourrir ce qu'ils veulent garder. Au lieu de rester auprès de son partenaire, elle s'est enfuie et est venue jusqu'ici pour nous aider.

Claire se sentit mortifiée.

Son odeur avait-elle vraiment changé ? Voyant leurs yeux briller vers elle à la lueur de la bougie et leurs nez la renifler, elle fit de son mieux pour ne pas se recroqueviller.

— Qui était-ce ? Qui t'a revendiquée ? lança-t-on dans l'assemblée.

— Peu importe, s'empressa de grommeler Claire.

Lilian, les lèvres retroussées en un rictus mauvais, ricana. Claire essaya de se rappeler que la rousse était morte de faim et vivait dans un état permanent de terreur. Son comportement féroce était compréhensible.

— Je ferais mieux d'y aller, dit Claire avant de serrer Nona dans ses bras. Attendez mon retour dans quelques jours.

Il lui fut si agréable de sentir et de tenir une personne familière, quelqu'un qu'elle connaissait et à qui elle tenait. Lorsque leur étreinte prolongée se termina, Claire repartit et remonta les chaussées sombres de Thólos jusqu'à l'appartement de Corday.

Il ne se rendit même pas compte qu'elle s'était absentée.

Chapitre 6

Marchant la tête rentrée dans les épaules, Corday traversa la chaussée plongée dans l'ombre. Devant lui, l'homme au manteau qui claquait au vent le regardait comme s'il était de la viande fraîche.

Cela faisait deux jours qu'il observait le dealeur. Celui-ci revendait des médicaments à tellement de citoyens que Corday en était sidéré. Maintenant que les exécuteurs devaient opérer dans la clandestinité, le trafic de drogues se faisait apparemment en toute liberté. Le malfrat semblait ne faire aucun secret de ses activités illégales, narguant presque ceux qui pourraient vouloir le défier.

— J'ai besoin de suppresseurs de chaleurs, grogna Corday sans le saluer. Les petites pilules bleues.

— Sans problème, mec.

Il était évident au ton et au rythme de son élocution que le dealeur était un paria. Et, vu la dilatation de ses pupilles, un paria qui testait ses propres produits. Ses bajoues rebondirent quand il sortit un flacon de sa poche.

— Mais ça va te coûter cher. Le tarif en vigueur est un kilo de produits frais et cinq rations de viande.

Corday secoua la tête et essaya d'éviter de faire un parallèle entre l'homme et un forçat de l'âge qu'aurait eu son père.

— Ah oui ? Bah, j'ai quelque chose de bien plus précieux que des vivres à troquer... Si tu peux me filer vingt ou trente flacons.

— Pourquoi t'en as besoin d'autant ? demanda-t-il en plissant ses yeux jaunes.

— Disons juste qu'on aime que nos Omégas en redemandent, dit Corday en lui lançant un rictus des plus pervers. Si tu nous fournis, tu pourras en profiter.

— Un homme comme je les aime ! Combien t'en as chopées ? demanda le dealeur avec un sourire entendu, révélant des dents brunâtres et ébréchées.

— Assez pour que la moitié de la zone puisse tremper son biscuit – tant qu'elles sont induites en chaleur, répondit Corday en haussant les épaules.

Le dealeur se gratta le menton, puis fit glouglouter l'amas de glaires dans sa gorge en riant.

— Les disciples de Shepherd abattent tous ceux qui se font choper avec une Oméga induite. L'homme d'affaire avisé pourrait vouloir plus que des médocs...

— Comme ? demanda Corday d'un ton désintéressé.

— Ce que t'es venu chercher ici. Des partenaires. Mon gang n'a pas peur de Shepherd ou de ses disciples. On pourrait vous fournir et assurer que les affaires roulent.

Entendre le nom de Shepherd prononcé si nonchalamment fit sourire Corday.

— Que Shepherd aille se faire foutre !

— *Sky-breather[1]*… Sans l'aide d'hommes comme nous, c'est Shepherd qui te la foutra.

— Il ne me fait pas peur, marmonna Corday en faisant craquer son cou.

Le dealeur pencha la tête vers Corday pour se moquer. Son haleine empestait la pourriture.

— Parce que tu ne l'as jamais vu tuer, ou vu les maniaques qui s'inclinent à ses pieds.

Corday soutint son regard jaunâtre et s'approcha bien trop à son goût.

— Tu t'imagines sans doute que nous autres *sky-breathers* sommes débiles. Ce racket n'a rien de nouveau. Mais, contrairement à toi, on n'a pas été assez stupides que pour se faire choper et enfermer dans la Crypte. J'ai dit que Shepherd aille se faire foutre et je le pensais.

Le type partit d'un gros rire.

— En voilà un enfoiré qui est sûr de lui. Si ta marchandise est bonne, je te filerai ce que tu veux, gamin. Autant que tu veux. Et tu nous fileras exactement ce qu'on veut. C'est comme ça qu'une alliance marche. Ou est-ce qu'ils appellent ça un accord commercial sous le Dôme ?

***

— Ils doivent vraiment penser que tous les honnêtes exécuteurs ont disparu, marmonna la brigadière Dane sous cape.

---

[1] Terme d'argot faisant référence aux personnes qui respirent l'air à la surface, par opposition à celles qui respirent l'air de la Crypte.

Cet imbécile sur la chaussée était soit dérangé mentalement, soit loin d'être gêné par ses crimes, à agir comme s'il n'y avait plus de conséquences. Il ne s'était même pas rendu compte que Corday avait posé un micro espion sur lui ; pas une seule fois il n'avait semblé sur ses gardes. Et, maintenant que l'idiot était rentré dans son minable trou douillet, elle pouvait l'entendre rire, ainsi que des grognements et des bruits rauques et inhumains dans le fond.

Il lui était difficile d'écouter. La femelle Alpha savait très bien ce qui se passait derrière ces murs en béton, ceux que ces hommes cruels pensaient assez épais pour cacher leur secret flagrant.

Ce que Corday avait affirmer posséder – des Omégas traitées comme du bétail –, ces hommes en avaient des quantités. Et elles se faisaient malmener pendant que le dealeur complotait avec ses potes et leur racontait comment il comptait escroquer le gamin prétentieux à la grande gueule qu'il avait rencontré sur la chaussée. Il s'esclaffa en expliquant combien il serait facile de doubler le gosse, combien ils amasseraient en offrant autre chose que des chattes usées et lâches aux hommes qui faisaient la file dehors.

Ses problèmes d'insubordination mis à part, Corday avait pour une fois fait ce qu'il fallait. Les exécuteurs devaient mettre fin aux atrocités commises à l'encontre de ces femmes. Tous les hommes à l'intérieur de ce repaire devaient être éliminés. Et l'ordre – même si ce n'était qu'une fraction de l'ordre qui régnait autrefois – devait être respecté.

Le chaos s'était emparé de la vie sous le Dôme ; leur système pourtant éprouvé avait capoté au premier signe de trouble. Dane se sentait honteuse de voir ses frères si faibles, de savoir que les précieux survivants des guerres et des épidémies pouvaient de nouveau être réduits au semblant d'humanité qu'ils étaient devenus avant l'existence des dômes. Le Dôme Thólos avait été le bastion de la civilisation. Le meilleur dôme de tous les continents. Le Dôme Érasme, le Dôme Bernard et même le plus pauvre des dômes, le Dôme Vegra, avaient tourné le dos à tout ce qui avait été accompli sous cette coupe de verre – la culture florissante, la beauté de la vie au-delà de la survie. À la première indication de peste, toute chance de soutien de l'extérieur s'était envolée.

Le problème allait devoir être résolu en interne. Shepherd et ses disciples allaient devoir être éliminés. La contagion allait devoir être détruite. Et l'infection – les hommes comme ces ordures que Dane rêvait de massacrer – anéantie. Un exemple à suivre pour tous.

Après un jour ou deux de surveillance, son équipe irait démanteler ce syndicat de parvenus. La brigadière Dane sourit à la pensée de cette victoire tellement nécessaire. Elle avait hâte de voir la tête de ces pauvres hères lorsqu'elle leur enfoncerait quelque chose de pointu et de malvenu dans les entrailles, pour voir s'ils aimaient ça.

* * *

Les traits tirés et clignant rapidement des yeux, Claire se tenait aussi loin du sénateur Kantor que l'espace exigu le lui permettait. Corday s'était absenté, et le sénateur était resté pour l'interroger en son absence, afin de discuter des options ouvertes aux Omégas.

Options qui, visiblement, étaient limitées. Mais n'importe quoi vaudrait mieux que l'autre alternative : l'esclavage, le viol ou le meurtre.

Cependant, l'aide avait un prix.

Le sénateur Kantor était assez sage pour garder ses distances et parler doucement à la femme au regard fuyant qui arpentait frénétiquement la pièce.

— Vous devez me parler de Shepherd. Ce que vous savez pourrait nous sauver tous.

Le simple fait d'entendre son nom la poussa à balayer les quatre coins de la pièce, comme si un seul mot aurait suffi à faire apparaître l'Alpha. Interrompant sa marche, Claire se tordit les mains.

— Je n'arrête pas de vous dire que je ne peux pas. Je ne sais rien.

— Vous pouvez y arriver, l'exhorta le sénateur Kantor. La moindre information pourrait nous aider.

— Vous ne comprenez pas, siffla-t-elle en repoussant impatiemment ses cheveux derrière son oreille et en cherchant ses mots. Il ne m'a jamais *parlé…*

Le regard de pitié que lui lança Kantor lui inspira d'abord de la colère, puis de la honte. Vu tout ce qu'elle avait subi, c'était le regard qu'on lui réserverait jusqu'à sa mort.

— Nous pourrions simplement parler de l'homme lui-même, et de vos observations, l'amadoua l'Alpha pour lui soutirer quelque chose d'utile.

— OK…

Le sénateur Kantor commença par le plus simple :

— Les marques Da'rin, savez-vous ce qu'elles sont ?

Claire récita ce qu'elle avait appris à l'école :

— Ce sont les tatouages des parias – des marques qui représentent les crimes pour lesquels le prisonnier a été incarcéré.

Le sénateur Kantor hocha la tête et partagea un peu de ses connaissances :

— Mais la plupart sont gagnées dans la Crypte, données d'un détenu à un autre – un testament que les prisonniers apprivoisent en motifs sous la peau.

— Apprivoisent ?

— Les tatouages ne sont pas faits à l'encre. Le Da'rin est un parasite.

— Vous avez délibérément *infecté* les prisonniers ? s'étonna Claire en fronçant les sourcils.

— Les hommes de la Crypte vivent dans l'obscurité et sont exposés à des conditions difficiles. Nous les soumettons à une relation symbiotique bénéfique pour qu'ils tolèrent mieux l'environnement dans lequel ils travaillent. Et, s'ils arrivaient à s'échapper, ils ne pourraient pas se cacher parmi la population. Et pas uniquement parce qu'ils sont marqués. Voyez-vous, la lumière du soleil fait brûler les marques.

Mais Shepherd exposait ses bras et son cou à l'air libre où qu'il aille ; ses muscles épais ornés d'encre noir étaient exhibés à la vue de tous.

— Ça n'a aucun sens.

Le vieil homme soupira.

— Les motifs choisis par Shepherd sont très significatifs aux yeux des parias. Il serait utile à la résistance de mieux comprendre l'homme… Si vous pouviez décrire les images que nous n'avons pas vues, nous pourrions dresser un profil, apprendre ses secrets.

Bien sûr, elle connaissait les marques de Shepherd par cœur ; elle pouvait presque sentir leur chaleur mouvante sous ses paumes vagabondes.

— Celles sur ses bras, celles que vous avez vues, que sont-elles ? balbutia Claire en s'empourprant, embarrassée.

— Elles représentent un tableau de chasses des hommes qu'il a tués.

Son fard s'évapora, la laissant blême. Tant de symboles s'enroulaient sur la chair de l'Alpha. Des centaines, des milliers de marques en filigrane, et elles s'étendaient sur son torse, son dos, ses cuisses et ses fesses... même ses...

Sa peur la reprit à la gorge, plus intense que jamais. Le lien vibra, comme si son protecteur lui demandait pourquoi elle restait seule et effrayée alors qu'il se languissait de la protéger.

Le sénateur Kantor fit un pas vers elle pour capter son attention.

— Avez-vous vu quoi que ce soit sur ce tableau de chasse qui pourrait se révéler utile ?

Regarder son interlocuteur suffit à la faire pleurer et perdre la mémoire.

— Il en est couvert, partout. Les motifs ne représentent rien à mes yeux, juste des lignes et des torsades.

Tout ce temps qu'elle avait passé à les tracer du doigt dans le noir, elle avait sans le savoir admiré la mort des victimes de Shepherd.

— Je ne savais pas...

La porte s'ouvrit, et Corday entra pour découvrir Claire extrêmement perturbée, la tête entre les mains.

— Claire ! s'écria le Bêta en se précipitant vers elle.

Voyant qu'elle ne le repoussait pas, il l'emmena vers le canapé avant que ses jambes flageolantes ne la lâchent.

— Tu es en sécurité ici, tu te souviens ? Tu n'as pas à avoir peur.

La présence de Corday sembla débloquer sa langue. Claire, toujours horrifiée par les marques, énuméra confusément toutes ses observations futiles.

— Ses disciples parlent une autre langue. Je n'ai jamais compris ce qu'ils se disaient.

En poussant un rire las, extrêmement perturbant, elle leur révéla la seule chose qu'elle savait avec certitude.

— Il aime lire. Il me retient par les cheveux quand il lit, comme ça, il peut sentir dès que je bouge. Je dois rester complètement immobile.

— Que se passait-il si tu bougeais ? murmura Corday.

— Le livre devenait moins intéressant, répondit Claire, plus calme, en se tournant vers le sénateur – le défi avait tari ses larmes. J'étais retenue enfermée dans une pièce. Je n'ai vu personne d'autre que lui. C'était une pièce aveugle et tout était gris. Il n'a même pas partagé un seul repas avec moi. Maintenant que j'ai répondu à vos questions, à votre tour de répondre aux miennes. À part nous fournir des suppresseurs de chaleurs, que ferez-vous pour les Omégas ?

Le sénateur, qui avait bien besoin d'un rasage, lui décocha un petit sourire.

— Quand nous aurons estimé leur nombre, nous les amènerons par groupes de deux ou trois dans des lieux sûrs qui pourront être défendus et surveillés.

Les oreilles de Claire se dressèrent ; quelque chose dans la déclaration de Kantor lui parut affreusement familier.

— Pourquoi ne pas leur envoyer de la nourriture là où elles se trouvent ? Inutile de déplacer le groupe ou de séparer des femmes qui dépendent de leur soutien mutuel.

— Nous pouvons discuter de cette option. Même si je pense qu'elles seront bien plus vulnérables que si vous nous confiez leur protection.

Depuis quand le gouvernement protégeait-il les Omégas ? Les siens n'avaient pratiquement aucun droit tant qu'ils n'avaient pas un partenaire pour parler en leur nom.

— Vous ne ferez rien tant que je n'aurai pas parlé aux Omégas. C'est à elles de décider.

— Claire, l'implora le sénateur Kantor en s'approchant de la femme qui avait visiblement perdu la foi. Vous devez nous faire confiance et rester ici, où vous êtes protégée. Nous pouvons aller parler à vos Omégas.

— Non, refusa-t-elle, sa voix davantage celle d'une femme en colère que d'une enfant effrayée. J'apprécie votre offre, mais même Shepherd n'a pas pu me soutirer l'emplacement de notre cachette. Ce plan que vous proposez doit être leur décision, et je leur en parlerai d'abord.

— Tu n'as pas dormi depuis des jours, et tu manges à peine…, intervint Corday en serrant ses mains moites. Errer dans Thólos dans ton état serait signer ton arrêt de mort. Si tu dois vraiment y aller, alors emmène-moi avec toi. Un Bêta leur paraîtra moins menaçant, et l'union fait la force.

Elle dégagea ses doigts de sa main et envisagea sa proposition. Prendre une décision fut facile.

— Nous irons ce soir ; toi et moi.

Les deux hommes semblèrent apaisés.

— Je vais avoir besoin de vêtements pour couvrir mon odeur, dit Claire, honteuse de leur demander cette faveur. Tout ce que j'ai ici, je l'ai déjà porté... Je ne peux pas sentir l'Oméga.

Corday hocha la tête et s'approcha de sa commode pour en sortir un pull épais.

— Je vais aller courir un peu. Tu pourras le porter quand je reviendrai.

— Merci, murmura-t-elle en baissant les cils.

Le sénateur Kantor les laissa seuls, et Claire se leva du divan pour se préparer, laissant Corday à son jogging.

Elle avait besoin d'une bonne douche froide. L'eau glacée aiderait le brouillard à se dissiper. Claire tourna le robinet, se réjouissant déjà de sentir le déluge. Elle soupira dès que la tuyauterie grogna, et son esprit en manque de sommeil confondit ce bruit avec un autre, très différent. L'effet fut immédiat. Sous la douche, yeux fermés, là où elle aurait dû ressentir le jet d'eau froide mordre dans sa chair, elle ne sentit que la chaleur de grandes mains posées sur elle.

Des paumes rugueuses coururent tout le long de son échine, palpant le creux de ses reins... L'air se remplit de grognements appréciateurs. Ces mêmes mains, calleuses et familières, caressèrent son ventre, puis remontèrent soupeser ses seins. Les pouces qui faisaient des cercles autour de ses tétons durcis les rendirent si sensibles que Claire geignit. Le fil pulsa dans sa poitrine, et un flot abondant de mouille s'écoula entre ses jambes lorsqu'il gronda pour la troisième fois.

Tout autour d'elle, des souffles résonnèrent, virils et affamés. La chaleur de son torse contre son dos, l'épaisseur de sa queue frottée contre la raie de ses fesses…

Deux doigts s'enfoncèrent dans sa bouche.

Il lui souffla l'ordre de les sucer, et les yeux de Claire roulèrent dans leurs orbites.

Poitrine appuyée contre le carrelage, les tétons irrités par l'enduit, Claire tordit goulûment sa langue, comme il le lui avait demandé. Son gland brûlant sonda de manière insistante le site de son désir. Son entrée ne se fit pas en douceur. Shepherd la transperça, ses va-et-vient erratiques. La petite cabine résonna des cris étouffés de Claire, malgré qu'il soit en train de baiser sa bouche avec ses doigts.

Le front posé contre le carrelage, à peine capable de respirer, Claire jouit dans un cri. Toutes ses parois se contractèrent, la cyprine s'écoula comme une rivière et l'hallucination prit fin.

Les mains fantômes disparurent.

Il n'y avait pas de Shepherd.

Pas de grognements.

Pas de grondements vicieux.

Il n'y avait que le bruit de la tuyauterie et ses doigts maladroits enfoncés dans sa chatte.

Secouée, elle baissa les yeux vers sa main, horrifiée par la vue et par ce qu'elle avait fait. Elle devenait folle, et ses pensées, incontrôlables. Paniquée, elle attrapa la savonnette et commença à récurer la douche de ses sécrétions gorgées de phéromones avant que tout l'appartement n'empeste l'Oméga excitée.

Elle était de retour dans la cuisine lorsque Corday revint.

— Contente de te revoir, sourit Claire en levant les yeux de la casserole de pâtes qu'elle préparait pour le dîner.

L'air en forme et en nage, Corday lui lança un sourire en coin avant de faire passer le pull à l'odeur âcre par-dessus sa tête.

— Laisse-moi juste prendre une petite douche. On mangera, puis on pourra y aller.

Elle hocha la tête et sourit, reconnaissante de ses efforts.

— Le dîner sera prêt quand tu le seras.

Lorsque Corday eut disparu derrière la porte de la salle de bain, elle sortit la petite pilule blanche qu'elle avait cachée quelques jours plus tôt. Elle la réduisit en poudre et mélangea le médicament dans son assiette.

Claire savait que tout une savonnette ne suffirait pas à effacer les effluves de ses phéromones dans la douche. Quand Corday prit plus longtemps que d'habitude, elle sentit le rouge lui monter aux joues et fit de son mieux pour ignorer ses halètements. Elle eut honte de l'avoir mis dans une telle position.

Un grognement étouffé, un juron prolongé, puis l'eau cessa de couler.

Le temps que Corday sorte enfin, elle avait caché son embarras derrière son masque de fatigue habituel et lui offrit son plat.

Après son jogging, s'être astiqué sous la douche et avoir avalé le somnifère qu'elle avait mélangé dans ses pâtes, Corday fut inconscient en moins d'une heure. Claire enfila les vêtements couverts de transpiration qu'il avait préparés pour elle, couvrit le Bêta si attentionné avec une couverture et partit chercher ses Omégas.

***

Le climat rigoureux des sphères basses était accentué par les légères bourrasques qui humidifiaient ses vêtements. Le trajet était long et dangereux pour une femme épuisée prête à piquer du nez.

Il lui sembla que sa venue avait été anticipée. Un petit groupe d'Omégas l'attendait déjà près de la crevasse qui servait d'entrée, une bougie à la main. Pliée en deux dès qu'elle se retrouva en sécurité à l'intérieur, Claire essaya de reprendre son souffle.

— Le sénateur Kantor a un plan, coassa-t-elle. Il peut nous apporter des vivres et de vrais suppresseurs de chaleurs.

— Comment ? demanda Lilian, la rousse, en approchant sa bougie.

— C'est ce dont nous devons discuter avec les autres. Il aimerait nous séparer en plusieurs petits groupes et nous amener dans des abris où des exécuteurs armés pourront tenir la garde. Mais, si nous insistons, ils apporteront des vivres ici.

— Les exécuteurs sont traqués dans les rues, renifla Lilian, tournant sa réponse en dérision. Ils seraient tous morts en moins d'un an. Qui nous apporterait à manger alors, Claire ?

Trop lasse pour être patiente, Claire se redressa.

— Je suis là pour offrir des solutions. Le groupe doit décider lui-même s'il veut l'esclavage tout de suite ou la liberté à un prix.

Ce fut alors que Claire se rendit compte qu'aucune autre Oméga ne les avait rejointes. Nona n'était nulle part en vue. Les seuls visages autour de la bougie étaient ceux de Lilian et de deux femmes à l'air très inamical.

— Nous avons déjà décidé, gronda Lilian en balançant le galet dans son poing.

Le monde se mit à tourner, et une douleur aigüe explosa près de l'oreille de Claire. Les pavés fissurés et les déchets épars éraflèrent ses jambes tandis que son corps prostré était tiré dans les profondeurs de l'abri. Elle essaya de se concentrer sur autre chose que le bourdonnement sous son crâne, et ses yeux embrouillés cherchèrent Nona dans l'abri. Elle vit la vieille femme attachée, en train de se débattre pour essayer de se libérer.

Claire cria son nom, supplia les Omégas de ne pas céder à la peur, mais sentit une main empoigner ses cheveux. Elle fut traînée dans un placard et poussée à l'intérieur. Elle entendit le bruit de quelque chose de lourd qu'on déplaçait pour bloquer sa seule issue.

Désorientée, plongée dans la pénombre, elle posa ses yeux verts vides sur les murs fissurés.

Ils étaient gris.

Elle aboya un rire qui résonna dans l'espace exigu. Goûtant le sang sur sa langue, elle roula pour laisser le sol glacial refroidir la bosse qui lancinait et enflait sur le côté de son crâne.

Mais elle n'avait pas le temps de se reposer. Elle devait se relever.

Il lui fallut faire un immense effort pour se dérouler de sa boule et ramper sur le sol. Claire se redressa, mais resta voûtée, et s'époumona pour leur expliquer son histoire. Elle leur intima de ne pas céder au désespoir et à la panique, de penser rationnellement et de comprendre que Shepherd ne leur verserait jamais la rançon ; que ce n'était qu'un piège pour la ferrer. D'arrêter là avant qu'elles ne finissent toutes comme des esclaves.

Elle ne put déplacer les décombres qui obstruaient la porte. Elle ne parvint pas à crier assez fort.

Claire n'avait plus beaucoup de voix et, celle-ci l'abandonnant, elle perdit également la capacité de différencier le rêve de la réalité.

Lorsqu'elle se laissa glisser contre le mur, le rêve commença.

Une course effrénée, la vague de folie dans son dos, mais Shepherd était là, chassant les ombres, le bras levé. Elle courut directement à lui, assez près pour le sentir avant que ses pieds ne dérapent et n'interrompent son élan. Elle entendit des cris, les hurlements de fureur des Omégas dans son dos. La vague sonore se rapprochait. Ses yeux terrifiés se reposèrent sur Shepherd, l'homme qui se tenait tel un roc dans le chaos et qui recourbait un doigt vers elle.

Elle fit un pas de plus.

Le rêve recommença.

La lumière se fit dans sa cellule. La pauvre ampoule qui pendait au-dessus de sa tête clignotait, dans un sale état. Le grésillement de la vieille ampoule et la vibration du filament dans sa poitrine la forcèrent à se relever sur ses genoux éraflés, puis sur ses pieds chancelants.

La foule. Elle pouvait les entendre ; leurs cris se rapprochaient. Ils allaient la rattraper d'un moment à l'autre. Elle s'enfuirait, car elle fuyait toujours. Et elle le trouverait, parce qu'il était toujours là, à l'attendre.

Encore et encore.

Elle tourna la tête vers la porte, où il lui semblait inévitable que sa large silhouette boucherait l'embrasure, qu'elle verrait la même armure épaisse, les mêmes marques Da'rin remontant dans son cou... et ses yeux.

L'intensité avec laquelle Shepherd la dévisagea !

Quoi qu'il vit dans son expression força le géant à s'accroupir pour se rapetisser. L'Alpha tendit la main, lentement, afin de ne pas l'effrayer.

Il ne s'était encore jamais agenouillé dans son rêve.

Claire ferma les yeux, certaine d'avoir enfin perdu l'esprit, puis elle l'entendit... le ronronnement qu'elle mourrait d'envie d'entendre, sonore et assuré, la rassurant sur le fait que tout irait bien.

— Viens à moi, ma petite. Tu ne seras pas punie, ajouta-t-il d'une voix cajoleuse, guère menaçante.

Même sa voix caverneuse semblait parfaite et mélodieuse lorsque les mots franchirent ses lèvres balafrées.

Le fil pulsait, comme pour l'inciter à faire un pas en avant et à prendre la main de l'Alpha. Il lui murmura que son mâle l'appelait. Qu'elle lui manquait.

Claire ne savait pas ce qui la poussa à prononcer ces mots, mais ils sortirent en douceur, comme une confession.

— Tu as hanté mon sommeil. Chaque fois que je ferme les yeux, tu es là.

— Tu étais présente dans mes rêves aussi, fredonna Shepherd, son timbre si profond qu'elle pouvait presque sentir la vibration la changer sur le plan cellulaire. Tu chantais pour moi, ma petite.

Hébétée, elle inspira profondément et sentit l'odeur qui était censée l'accompagner partout – le musc familier de cet Alpha.

— Qu'est-ce que je te chantais ?

Un sourire apparut dans les yeux de Shepherd, et des pattes d'oie se creusèrent à leurs coins. Il recourba le doigt pour l'appeler, et Claire fut subjuguée par son geste.

— Viens.

Au loin, elle pouvait entendre un raffut qui lui rappelait les horreurs de la foule dans ses rêves. Bientôt, elle allait devoir s'enfuir… Ou elle pouvait choisir d'en finir.

Il ne lui fallut que trois petits pas pour se retrouver debout devant lui. Claire regarda le mâle qui, même accroupi, était à hauteur de ses yeux, et ne prit pas sa main, mais s'affaissa contre lui et, d'une voix lasse, le supplia :

— Ronronne.

Ce qu'il fit. Il se tourna pour étudier la femme déboussolée dont la tête reposait sur son épaule. Il savoura l'entendre pousser un long grognement mélodieux, comme si rien au monde ne l'avait jamais tant apaisée que le bourdonnement émanant de son torse.

Des bras épais l'enveloppèrent dès qu'elle commença à glisser au sol.

Shepherd se releva.

Claire ne vit pas le soldat aux yeux bleus qui se tenait de faction devant la porte. Elle ne vit pas que Shepherd avait ôté son manteau ni ne sentit son corps débarrassé des vêtements qui empestaient un autre mâle.

Elle fut allongée dans la chaleur de son manteau, enveloppée par l'odeur de l'Alpha. Distraite, ailleurs, elle sentit un corps massif se positionner entre ses cuisses.

Shepherd lui fit l'effet d'une fournaise dans ce placard gelé.

— Tu es perdue, ma petite. Je vais te ramener à la maison.

Elle marmonna son accord, l'esprit embrouillé. Des mains chaudes, calleuses et rassurantes caressèrent son ventre et écartèrent ses jambes. Avant qu'elle ne puisse protester, des lèvres se posèrent sur ses parties, et une langue fut dardée là où aucun homme ne l'avait jamais touchée de cette façon.

Shepherd la goûta pour s'assurer qu'elle était restée pure... qu'elle n'était qu'à lui.

La trouvant préservée, l'Alpha gronda comme un sauvage. En entendant ce bruit, Claire sentit son corps se cambrer. De sa chatte s'écoula un flot de mouille. Shepherd le lapa bruyamment et l'avala frénétiquement.

Il n'y avait rien de doux dans sa manière de la récurer.

Claire poussa un cri étranglé et ouvrit grand les yeux. Dans son brouillard, elle ne put voir que le visage de Shepherd enfoui entre ses cuisses, ses yeux fermés comme si le festin était divin. Il sentit son attention et releva ses yeux métalliques vers elle. Le bas de son visage caché, Shepherd continua à la dévorer en grondant :

— Tu as été extrêmement désobéissante. Une partenaire difficile et réfractaire.

Claire haleta et poussa un cri lorsqu'il donna une chiquenaude sur son clitoris.

— Tout est ta faute ! protesta-t-elle. Tu es un tyran. Tu attends de moi des choses que je ne comprends pas. Je ne connais rien de toi. Tu n'écoutes pas... et tu m'enfermes sous terre. Aimerais-tu vivre en prison ?

Shepherd gloussa méchamment et empoigna ses hanches pour l'empêcher de gigoter. Il approcha goulument sa chatte trempée de sa bouche.

Entre ses cris et ses gémissements de gorge, elle lança :

— Et tu ne fais que me baiser !

Elle sentit ses dents effleurer ses grandes lèvres et sa bouche former un sourire.

— J'*adore* te baiser, rétorqua Shepherd d'un ton chaud et licencieux.

Elle aurait souhaité qu'il disparaisse et que ce cauchemar se termine, mais pas avant de l'accuser d'une voix fêlée :

— Tu me forces.

— Je m'assure toujours que tu éprouves du plaisir pendant l'accouplement, réfuta-t-il.

Ses dents mordillèrent le petit bourgeon que son pouce avait exposé, la forçant à se tortiller frénétiquement, comme s'il voulait étayer ses propos.

— Ce n'est pas vrai, gémit-elle en soufflant de frustration.

— Je t'ai punie une fois en te prenant sans te satisfaire, et j'ai compris que ce n'était pas la meilleure façon de discipliner tes mauvaises manières. Je n'ai pas recommencé depuis.

Cela étant dit, il l'attaqua avec de rapides coups de langue et poussa un grondement de plaisir lorsque sa petite se mit à sangloter. Elle ne pouvait échapper à l'attention à laquelle ses hanches immobilisées étaient soumises.

Lorsque Claire se trouva au bord du précipice, prête à s'abandonner au délire, Shepherd sema des coups de langue sur son corps, négligeant sa chatte désireuse pour pouvoir l'immobiliser. Il captura un téton et le suça presque trop fort, jusqu'à ce qu'il s'allonge. Vaguement, elle l'entendit baisser sa braguette et inspira l'odeur capiteuse, le musc intense de l'Alpha quand son membre fut exposé. Son gland bulbeux entra en contact avec sa fente et, lentement, se glissa dans un tunnel rendu fragile et étroit par l'abstinence.

L'ayant distraite, Shepherd essaya de prendre la seule chose qu'il n'avait pas encore réussi à lui soutirer. Il captura ses lèvres entrouvertes et gémissantes pour lui voler un baiser. Ce qui la sortit de sa transe, et ses cils noirs s'ouvrirent d'un coup.

Ce n'était pas un rêve.

Elle ne put voir que ses yeux argentés emplis de désir, l'amadouant pour qu'elle participe. Shepherd plongea sa langue dans sa bouche. Il l'envahit afin qu'elle puisse goûter son goût exquis et commença à se déhancher.

Elle essaya de reprendre sa bouche. Pour l'en empêcher, il posa une main sur sa joue et fit courir ses lèvres sur les siennes autant qu'il le désirait. Il savait qu'elle était consciente de ce qu'il venait de faire, du fait qu'il avait abattu sa dernière barrière et s'était emparé du baiser qu'elle continuait de lui refuser.

La sensation de sa queue était si envoûtante, si dévorante et si infiniment perturbante. Claire se perdit dans l'euphorie lorsqu'il commença à la pilonner avec vigueur. Shepherd la baisa violemment et avec tout ce qu'il avait, jusqu'à ce qu'elle se trémousse et hurle son désir, son besoin de jouir, de dormir, son besoin qu'il lui donne toutes ces choses et plus. Il tourna la tête de Claire de côté et immobilisa sa joue pour poser ses lèvres sur le côté exposé de sa gorge.

Quand elle sentit sa bouche et sa langue chaude râper sa peau froide… sa frustration se mêla à une extase délirante. Dès que sa chatte se contracta, elle fut perdue. Il s'enfouit profondément, et son nœud grossit, immense, l'écartelant sans merci. L'orgasme de Claire fut si intense qu'il lui fit mal, et sa chatte pompa désespérément la queue de Shepherd, qui découvrit ses dents et mordit brutalement la cicatrice sur son épaule – celle qui la liait à lui. Un bruit de dents, la chair percée, et le sang se remit à couler.

Claire sentit sa gorge pousser un cri silencieux, son supplice ignoré alors qu'il refermait férocement ses mâchoires sur sa peau. Piégée par l'immense nœud, elle ne pouvait s'échapper. Cela fut encore pire quand sa chatte convulsa, et que le plaisir se combina à la douleur à chaque jet de foutre brûlant que l'Alpha cracha en elle.

Lorsqu'il eut terminé, l'Oméga sanglotait et saignait abondamment, si vaincue qu'elle ne savait plus où elle était.

— Chut, murmura-t-il en léchant le flot de sang, la réconfortant doucement à travers ses pleurs.

Il se mit à ronronner, comme elle le voulait, et la caressa en approchant ses lèvres de son oreille.

— Maintenant, dors, ma petite.

Tout était trop. Trop de peur, trop de cœur brisé, trop de colère, trop de désir. Accablée, Claire ferma les yeux et s'abandonna à ce que son corps désirait le plus. Shepherd glissa ses bras inertes dans les manches de son manteau. La soulevant au niveau de sa taille, son nœud les liant toujours, il franchit la porte, son corps nu et leur union couverts par le cuir usé de son vêtement.

À l'extérieur de la décharge, les Omégas avaient été rassemblées dans des transports prêts à les emmener dans la Crypte. Quelques-unes grondaient, d'autres hurlaient, mais la plupart se contentaient d'engloutir les barres protéinées que les disciples leur avaient distribuées.

Dans son sommeil de mort, Claire ne vit rien de tout cela.

Chapitre 7

Claire n'éprouva ni réconfort ni sentiment de plénitude en se réveillant. À la place, un mal profondément ancré la fit froncer les sourcils et ne fit qu'empirer lorsqu'elle remua. Quelqu'un avait dû l'écraser sous un semi-remorque, l'arracher à la carcasse et l'abandonner comme un déchet. Hébétée, elle entrouvrit les paupières et ne vit que murs de béton et pénombre souterraine.

Ce fut l'odeur qui remit tout en place dans son esprit ; le nid de couvertures douces, familières, imprégnées du parfum de son partenaire.

Pas son partenaire, dut se rappeler Claire. *Shepherd.*

Elle détestait que son odeur repoussante la rassure dans son inconfort. Elle détestait que le fil vibre avec ravissement, lui souffle qu'il n'y avait aucun mal à se sentir faible tant que son protecteur et partenaire était tout près pour veiller sur elle... que tout était exactement comme il devait l'être. Le vermisseau pulsa et se réchauffa dans sa poitrine. C'était ce lien manipulateur qui l'avait dénaturée. C'était l'influence de Shepherd qui l'avait brisée jour après jour quand elle avait ignoré son appel insistant ; la raison de son épuisement et de ses hallucinations. Il se tortillait à présent d'aise, filant sa toile séductrice de faux abri et de fausse sécurité.

Il semblait plus solide qu'avant, ce fil qui bourdonnait entre eux, plus tendu dans sa poitrine. Était-ce parce qu'il l'avait complètement vaincue ? Ou peut-être que, dans son manque de sommeil, elle avait rampé vers lui volontairement ? Claire l'ignorait.

Ils étaient liés. Même alors qu'elle se cachait, il avait exercé sur elle son contrôle.

Cette pièce aux murs gris n'était pas un abri. C'était sa prison. Shepherd la retenait prisonnière dans sa chambre, elle était de nouveau sous son contrôle... et elle ne sortirait sans doute jamais plus de cette cage.

Claire ravala sa détresse et sentit qu'un poids lourd faisait ployer le matelas à côté d'elle. Sa cuisse touchait son dos, comme si elle s'était lovée contre lui dans son sommeil. Shepherd faisait face au mur, coudes sur les genoux, et regardait devant lui, apparemment perdu dans ses pensées.

Claire lécha ses lèvres sèches et fit mine de s'éloigner, mais retomba sur les oreillers en poussant un juron. L'élancement dans son épaule fut si douloureux qu'elle dut lutter pour retrouver son souffle.

L'étendue massive de son dos musclé et nu bougea, et Shepherd tourna la tête pour observer la femme qu'il avait recapturée. Ses yeux vif-argent étaient vides, et l'expression de l'Alpha ne promettait ni punition ni réconfort. Il semblait statique ; pourtant, ses yeux changeants l'observaient comme si elle n'était qu'un poids facile à écraser.

Déconcertée par son expression, Claire détourna les yeux et reposa son attention sur la gaze imbibée de sang qui couvrait son épaule. Elle ne comprenait pas pourquoi son regard la faisait se sentir coupable, pourquoi elle était tentée de s'excuser. Elle se concentra sur ce qui l'attendait sous le bandage. Ce qu'elle vit manqua de la faire vomir. La plaie avait beau avoir été nettoyée et bandée pendant son sommeil, elle suintait toujours. La croûte molle et sanguinolente était si enflée, et la chair si contusionnée, que la blessure lui inspira du dégoût.

Pas étonnant qu'elle ait si mal. Shepherd l'avait mutilée.

Il tendit une main et souleva la gaze pour contempler lui-même la morsure. Il sembla ravi.

— La plaie cicatrisera bien.

La cicatrice serait horrible… vingt fois pire que la première.

Ses implacables yeux d'argent pesèrent sur la femme et la regardèrent remettre le bandage et essayer de calmer sa respiration.

— Peut-être qu'à présent, tu te souviendras que tu as un partenaire, souffla-t-il.

Lassée de l'intimidation, de la peur et du silence, elle se força à relever la tête. Elle ignora le supplice que lui faisait subir son bras sans vie et posa une main sur le bandage, comme pour le protéger. Ses yeux verts lancèrent des éclairs et elle gronda :

— Tu as dit que je ne serais pas punie ! Qu'est-ce que c'est que ça, d'après toi ? Ça te plairait que je déchire ta chair ?

— Je suis ton partenaire, rétorqua Shepherd en haussant un sourcil. Tu peux me marquer si c'est ce que tu veux.

Quelque chose dans ses paroles provoqua chez elle une envie de piaffer si intense que ses lèvres se retroussèrent sur ses dents. En un éclair, Claire roula de sous les couvertures et enfonça ses ongles dans les biceps de Shepherd, dessinant des petits croissants dans sa chair. Elle prit position, prête à planter ses crocs à la jointure entre cou et épaule.

Dans son élan, elle se rendit néanmoins compte que la bête était restée immobile, qu'aucun bras ne volait vers elle pour contrecarrer son assaut. Sa réaction avait été si instinctive, si irréfléchie, qu'elle ne se reprit qu'une seconde avant d'avoir perforé et marqué la chair de l'autre.

Une vague de vertige inattendue brouilla sa vision. Une nausée écrasante la fit sortir de sa folie.

Tremblante, elle inspira profondément et retrouva la raison.

Claire fut déroutée par son envie irrésistible de le mordre et par le fait que tout en elle lui disait que c'était naturel – qu'elle en avait *besoin* –, et elle s'avachit, épuisée. Les mains de Shepherd entouraient déjà sa taille et la retenaient alors qu'elle posait son front sur son épaule.

Chair contre chair, elle put le sentir comme s'il était à elle. Le fil sembla satisfait par leur proximité.

Pourquoi diable était-ce si bon de le sentir l'attirer contre lui, qu'il la tienne comme s'il pouvait l'aider à retrouver sa force ?

Au bout d'une minute, ayant retrouvé son sang-froid et déterminée à résister, elle décrocha maladroitement ses griffes de son bras. Mais sa tête tournait toujours quand elle la leva. Ses yeux de mercure liquide la regardaient comme ils la regardaient toujours. Il lui faisait penser à un loup qui se léchait les babines. Elle fit mine de quitter ses genoux et de retourner dans la chaleur du lit, mais il la retint fermement entre ses bras et la positionna pour qu'elle chevauche ses cuisses.

Un doigt caressa les vertèbres de sa colonne, lui rappelant sa nudité… l'état dans lequel il l'avait vue si souvent qu'il n'y avait plus aucune honte à ça.

— Nous devons discuter de plusieurs choses, dit-il sur le ton de la conversation, mais son expression la défiait de protester. Pour commencer, tu vas me dire où tu étais ces huit derniers jours.

D'une voix tremblante, rauque après qu'elle eut tant crié pour essayer de sauver ses sœurs Omégas, elle répondit :

— Je me suis effondrée dans la rue, et j'ai trouvé refuge chez un homme qui a été gentil avec moi, qui m'a écoutée et a essayé de m'aider.

— Qui était cet homme ? demanda-t-il en la serrant contre lui.

Ses immenses mains chaudes massèrent les muscles du bas de son dos.

Claire secoua la tête, fronça les sourcils et se prépara à recevoir la punition que lui vaudrait sa réponse.

— Je ne te laisserai pas le tuer, parce qu'il a été noble.

Il plissa légèrement les yeux et lui décocha un rictus d'avertissement.

— Peut-être aimerais-je récompenser le Bêta dont l'odeur saturait tes vêtements, mentit Shepherd d'une voix chantante, étrangement arrogante. Après tout, il a veillé sur ma partenaire fugueuse et imprudente.

— Non. Tu veux savoir où se trouve le sénateur Kantor pour pouvoir le pendre à la Citadelle.

Claire était sûre que les Omégas qu'il avait capturées lui avaient répété tout ce qu'elle leur avait confié, par peur. Elles étaient en proie au désespoir et à la faim. Mais la volonté de Claire s'était accrue grâce aux soins et à la nourriture que Shepherd lui avait apportés. Elle refusait de donner à l'Alpha les informations nécessaires pour traquer ceux qui voulaient résister à son usurpation.

Shepherd glissa ses doigts épais dans ses cheveux noirs et commença à démêler ses nœuds.

— Sais-tu où il est ?

— Non ! Il est venu me voir. Mais, même si je connaissais sa cachette, je ne dirais rien.

— Tu crois vraiment que ta loyauté envers ces hommes les sauvera ?

Elle redressa sa colonne vertébrale et fit de son mieux pour empêcher la tristesse d'affaiblir sa voix.

— Ils ont été les seuls à m'offrir de l'aide, à ne rien demander en retour et à me traiter avec respect, comme une personne – pas comme un objet. Je ne dirai rien qui pourrait t'aider à leur faire du mal.

Elle renifla et souleva le menton, dans une attitude de défi et de détermination hautaine.

— Tu as peut-être les Omégas sous ton contrôle, tu m'as peut-être ramenée dans cette pièce, mais tu ne revendiqueras jamais ni mon intégrité ni mon honneur.

Un doigt traçant la ligne de sa mâchoire, il scruta son visage de ses yeux argentés, presque doux.

— Toujours si rebelle...

— Je suis toujours Claire.

Contre toute attente, son ronronnement bourdonna et la pénétra, apaisant la hargne qui lui restait en travers de la gorge.

— Tu es... entêtée et sottement noble... Et je ne trouve pas ça décevant, finit par dire Shepherd d'un ton indulgent.

Pourquoi la regardait-il avec tendresse ? Pourquoi lui disait-il des gentillesses ? Claire se tendit, les yeux plissés, méfiante malgré le ronronnement réconfortant.

— T'ai-je manqué, ma petite ? demanda Shepherd en effleurant sa bouche avec son pouce.

Claire baissa ses cils noirs et rechigna à répondre. Il lui avait manqué. Son odeur, son ronronnement et le calme qu'il cultivait avec précision lui avaient manqué. Mais son désir pour ces choses n'était que la conséquence de leur lien. La sensation constante d'être piégée ne lui avait pas manqué, pas plus que voir jour après jour s'écailler sa personnalité.

— Réponds-moi, ma petite, insista-t-il, utilisant son pouvoir pour faire vibrer le lien dans sa poitrine.

— Tu as envahi mon esprit, dit-elle, l'air perdu, en plongeant ses yeux émeraude dans les siens.

— Et ton corps, ajouta-t-il en la serrant plus fort.

— Et mon corps, acquiesça Claire, complètement résignée. Est-ce ce que tu voulais entendre ?

Il pinça son menton pour l'empêcher de détourner le regard et l'avertit :

— Tu ne t'enfuiras plus.

Le lien était devenu si écrasant que, même si elle s'échappait de nouveau, elle n'aurait aucune chance d'être vraiment libre. Les rêves, les hallucinations éveillées... Shepherd l'accompagnerait où qu'elle se cache. Mais le savoir et l'accepter n'étaient pas la même chose. Claire voulait être libre et avoir le choix.

— Shepherd, dit-elle – une des rares fois où elle prononça son nom en dehors de leurs ébats. Je dois respirer de l'air frais. Je dois voir le ciel.

Son ronronnement cessa, et un profond soupir secoua son torse.

— Le ciel, cracha-t-il, comme si le concept était surfait. Tu crois savoir ce qu'est une prison, ma petite. Tu n'en sais rien. En prison, on est entouré par la pire sorte d'homme. Si je voulais de la nourriture ou de l'eau, je devais tuer pour les avoir. Un abri, des vivres… tout était durement gagné. Ce que tu qualifies de viol n'est rien comparé à ce à quoi se livre le rebut de la société. Tu vis dans le confort et la sécurité. Je m'occupe de toi et je t'apaise – je subviens à tes besoins, lança-t-il d'un ton de plus en plus dégoûté. Et, toujours, tu te languis du ciel.

Shepherd n'avait encore jamais partagé ses opinions personnelles. Intriguée par cette déclaration étrange, Claire plissa les sourcils avant de hasarder :

— Je n'arrive pas à déchiffrer quelle marque Da'rin représente le crime pour lequel tu as été jeté dans la Crypte.

Ignorant l'allusion dans sa question, Shepherd sourit.

— Ce terme que tu utilises pour la qualifier – la « Crypte » – je le trouve amusant. Un mot poétique utilisé pour décrire un endroit obscur, où résonnent les suppliques des milliers qui grattent aux portes pour en sortir. Et, en ce qui concerne le crime… Le crime est hors de propos. Je n'ai jamais été condamné à ta « Crypte ». J'y suis né.

Shepherd était un homme qui répandait la souffrance sans remords – un homme qui comprenait les pires rouages de l'esprit humain comme s'ils étaient une seconde nature –, mais une histoire si monstrueuse ne pouvait être vraie. Claire le scruta, cherchant la faille, cherchant le mensonge.

— Tu prétends ne rien connaître de moi. Et, maintenant que je parle, tu restes muette, dit-il d'un ton sec qui trahit son irritation.

Elle approcha légèrement son visage, et son front se rida.

— Les femmes ne sont jamais envoyées dans la Crypte. Elles sont condamnées aux travaux forcés dans les niveaux agricoles, et séparées des hommes jusqu'à ce qu'elles soient réhabilitées. Ce que tu affirmes ne peut être vrai. Un tel acte est contre nos lois.

Shepherd poussa un petit rire sec.

— Vos lois ? Que sais-tu vraiment de cette cage dans laquelle tu vis, et des fausses histoires qu'on t'a enseigné à réciter ?

Claire eut un mouvement de recul. Le ton moqueur qu'il avait employé lui fit monter le rouge aux joues.

— Donc, en m'isolant du reste du monde, ton objectif est de me rendre aussi folle que toi ?

Sa question sembla momentanément le dérouter.

— Je veux que tu deviennes docile, finit-il par répondre. Je veux que tu arrêtes de résister, que tu voies les choses objectivement au lieu de les voir à travers une sensibilité à fleur de peau qui ne te rendra jamais service.

— Et je suis censée oublier ce que tu as fait ? s'étrangla-t-elle, de la douleur plein les yeux, avant d'énumérer ses péchés. Tu m'as prise contre mon gré, tu n'as offert aucune aide à ma cause... Tu m'as marquée pour ton bénéfice. Tu as capturé les Omégas et tu les retiens captives pour pouvoir les donner en pâture à des inconnus. *Tu* nous vois comme des objets. Comment peux-tu ne pas comprendre ma résistance et ma frayeur ?

L'entendre reconnaître sa peur le fit ronronner de façon presque inaudible. Focalisé sur son expression, le regard extrêmement concentré, il posa la main sur sa joue.

— Ce sont les tiens qui t'ont trahie, expliqua-t-il en caressant sa peau douce avec son pouce. Ne gâche pas tes pensées sur ceux qui n'en valent pas la peine.

Elle put sentir les larmes perler entre ses cils, mais sut qu'il ne la laisserait pas détourner les yeux.

— Ont-elles été blessées ? se força-t-elle à demander.

— Elles n'ont subi aucune blessure conséquente. Trois seront pendues.

— Pour quelle raison ? murmura Claire, horrifiée.

L'expression de Shepherd se durcit. Il fléchit le bras qui l'enchaînait à son bassin.

— Elles ont attaqué ma partenaire puis essayé de me la vendre... Elles voulaient troquer une vie qui m'appartient déjà pour assurer leur confort. Et ne t'imagine pas qu'elles se souciaient du confort des autres. Ces femmes n'avaient aucune intention de revenir partager leur butin.

Claire serra la main qu'il avait posée sur son visage et l'implora :

— Ne les tue pas, s'il te plaît. Lilian et les autres étaient affamées, effrayées et désespérées.

— Toi aussi, dit-il, les pupilles dilatées et les paupières plissées. Tu étais encore plus effrayée qu'elles. Mais tu voulais... tu veux toujours être leur championne.

— Tu parles d'une championne, maugréa Claire en baissant ses yeux tristes.

— Tu t'es bien débrouillée étant donné les circonstances, murmura-t-il. Ta faiblesse était de croire qu'il y a du bon dans Thólos, alors que c'est faux. Voilà pourquoi tu as perdu.

— Je sais que tu as tort. Certaines parmi ces femmes sont mes amies. *Elles* sont de bonnes gens. Celles qui m'ont attaquée... Je ne les connais pas bien, mais je préfère être clémente que condamner des femmes désespérées et mortes de faim parce qu'elles ont été tentées par la récompense que tu as faussement promise sur tes tracts.

— Et voilà pourquoi tu es faible, et pourquoi je suis fort, dit-il, presque comme un compliment.

— Tu es plus fort que moi, reconnut Claire en étudiant les marques Da'rin sur son épaule, se demandant combien de victimes étaient représentées sur ce coin de peau. Tu es plus rapide et plus puissant, mais il te manque quelque chose d'encore plus fort. Et tu ne le trouveras jamais dans la vie que tu mènes.

— Ah oui ? lança-t-il, comme s'il savait déjà ce qu'elle allait dire et trouvait son opinion juvénile et adorable. Est-ce de l'amour que tu parles ?

Elle secoua la tête ; ses cheveux noirs emmêlés balayèrent ses épaules.

— Pas de l'amour, non. Tout le monde peut aimer.

— Alors quoi, petite maline ?

— L'humanité… La source de la joie. Tu l'as peut-être connue autrefois, mais ta vie a fini par l'éroder.

Il se mit à fredonner, comme si son jugement le laissait indifférent.

— Je comprends l'humanité à son niveau le plus bas, et j'ai bien plus d'expérience du monde que toi, ma petite. Le comportement des citoyens – comme ces femmes que je vais pendre indépendamment de tes pleurs et de tes suppliques – prouve qu'ils n'étaient jamais bons, même avant d'être affamés. La souffrance ne fait que ressortir la véritable nature de chaque vie qui pourrit sous le Dôme.

— À en croire ta façon de parler, c'est comme si tu pensais offrir l'illumination en répandant sciemment la misère, décria Claire en secouant la tête, surprise qu'il ne soit pas déjà en train de la baiser pour qu'elle se taise.

Elle vit la même fureur tempétueuse couver dans son regard ; ses paroles l'avaient contrarié. Claire avait peur – peur du monstre qui pouvait si facilement l'écraser, peur des effets de leur lien –, mais Shepherd paraissait calme, et l'encourageait presque à parler.

— Les livres que tu conserves, dit-elle tout bas en regardant les étagères sur le mur d'en face. Ta collection est si bizarre... Un véritable manuel de formation du petit dictateur. Puis, il y a tous les autres : la poésie, les écrits de grands maîtres spirituels et d'êtres humains vertueux. Les lis-tu pour essayer de trouver ce qui te manque ?

— Je suis *Shepherd*, déclara-t-il fièrement. Je suis le berger qui mène ce troupeau.

— En l'opprimant ? murmura-t-elle, subjuguée par leur échange.

— Ta naïveté est celle d'une enfant. Sous ce Dôme, l'injustice est endémique. Thólos est un cloaque où règnent la corruption, la cupidité, l'apathie et le vice – le terrain fertile des mensonges. La faiblesse doit être éliminée, la duperie exposée et les châtiments subis.

Ses yeux verts bordés de cils épais s'écarquillèrent.

— Est-ce un genre de procès ?

— Tu es devenue sage, mademoiselle O'Donnell.

L'entendre utiliser son nom de famille lui fit froid dans le dos. Son extrémité du fil commença à frémir de manière discordante, ce lien qui la maintenait enchaînée à une créature vile et abjecte.

— Ce n'est pas le pouvoir que tu veux… Tu veux que la ville se vautre dans le chaos qu'a inspiré ton assaut. Tu veux nous regarder nous débattre.

Un rictus suffisant et malfaisant déforma ses lèvres balafrées.

— Continue, ma petite.

Elle commençait à mieux comprendre l'homme et son raisonnement.

— Tu t'imagines être une sorte de champion… Comme le Premier ministre Callas ou…

— Votre précieux Premier ministre n'est plus, la coupa Shepherd avec colère. Je l'ai démembré à mains nues, alors prends garde à prononcer son nom en ma présence.

Le Premier ministre était censé être le serviteur suprême de Thólos : c'était un poste héréditaire qu'occupait la famille qui avait érigé le Dôme et qu'ils servaient jusqu'à leur mort. Ils étaient purs, vivaient dans la sagesse et montraient l'exemple. Cependant, la haine que Shepherd lui vouait semblait personnelle… et inexplicable. Claire devait comprendre. Elle devait tenter sa chance.

— Pourquoi ? murmura-t-elle, le cœur battant.

— Vos exécuteurs sont morts, votre Premier ministre pourrit en morceaux et, bientôt, tous les sénateurs pendront de la Citadelle afin que tout Thólos puisse sentir les relents de leur corruption.

Shepherd posa ses lèvres sur sa gorge et inspira, puis fléchit ses hanches pour presser son érection grandissante entre les douces cuisses qui entouraient sa taille.

— Alors tu vois, personne ne viendra te sauver. Tu n'as que moi.

En entendant ces mots, la panique la submergea, et son esprit terrorisé s'emballa. Si Shepherd n'avait pas commencé à ronronner à cet instant précis, elle aurait poussé un cri.

Shepherd détacha sa ceinture avec ses grandes mains. Il la sentit trembler et résister alors qu'il libérait son érection et immobilisait sa partenaire affaiblie sur ses genoux. En sentant ses courbes féminines arrondies par la nourriture qu'il lui avait donnée, il poussa un grognement affamé. Dès qu'elle fut assez trempée, il l'empala sur son sexe.

Le rythme fut presque langoureux. Claire enfouit sa tête contre son épaule tandis qu'il la soulevait et la rabaissait. Cette débauche distrayante dissipa sa panique.

Il n'y aurait pas d'échappatoire, et sa bataille n'avait servi à rien, lui murmura-t-il à l'oreille.

Elle refusait de lui montrer son visage et ses larmes silencieuses, mais se concentrait sur la vue de sa queue épaisse, brillante de ses jus, qui pénétrait son corps comme ses railleries avaient infiltré son esprit.

Shepherd leva une main pour saisir sa nuque et l'attirer plus près, jusqu'à ce que ses seins soient tout contre son torse, l'endroit où leur lien palpitait. Il la fit tant mouiller qu'elle dut lever ses yeux verts vers les siens.

— Embrasse-moi.

— Non.

Encore une fois, Claire sentait l'histoire se répéter.

C'était le show de Shepherd. C'était *toujours* son show. Sa vie lui appartenait, ainsi que son corps. Mais ses lèvres étaient encore à elle.

Son attitude de défi ne fit qu'exciter Shepherd davantage. En poussant un lent grognement animal, il abandonna sa cadence tranquille et transforma leurs ébats en attaque charnelle. Il la retourna pour l'allonger sur le matelas et pilonna le beau petit trou parfumé qui le gainait si parfaitement. Elle hurla en scandant son nom, et ses gémissements et ses sanglots résonnèrent dans la pièce. Shepherd la retint par la nuque et sentit le flot de sa jouissance gicler sur sa queue tandis que celle-ci grossissait et l'ancrait à lui. Puis, ayant piégé ses hanches avec son nœud, Shepherd posa le gras de son pouce sur le clitoris enflé de Claire.

Sans pitié, il la poussa au-delà du plaisir pour la noyer sous une surcharge de sensations.

Elle essaya de se tortiller pour échapper à son doigt, qui la frottait trop fort, mais elle était complètement immobilisée.

— Shepherd, arrête ! Je t'en supplie, haleta Claire entre deux inspirations.

Il observa ses lèvres former les mots sans cesser de distiller sa torture mêlée de plaisir incontrôlable, puis la frotta encore plus vite. Il rugit comme une bête et peignit sa chatte de jets de foutre.

— À qui appartiens-tu ? tonna-t-il.

Des larmes coulèrent de ses yeux fermés. Elle se tortilla et se trémoussa sous l'abus subi par son clitoris et les crampes dues à l'orgasme, prolongé au-delà du possible.

— Je t'en prie…. Arrête… Je n'en peux plus…, sanglota-t-elle.

— À QUI APPARTIENS-TU ?

Elle allait mourir ; c'était trop, elle souffrait le martyre. Tout devint blanc, comme si le monde n'était fait que de lumière aveuglante, épouvantable, qui la dénudait. Le dos cambré, elle inspira profondément, comme si elle prenait sa première inspiration de nouveau-né, et sentit une nouvelle vague de contractions dévastatrices dans ses entrailles. Le visage rougi de plaisir teinté de douleur, Claire s'exclama :

— Je t'appartiens !

— Effectivement, ma petite, acquiesça une voix d'outre-tombe.

Le pincement de ses nerfs se dissipa, et elle sanglota lorsque l'orgasme monstrueux commença à s'estomper. De nouvelles vagues de sperme la brûlèrent de l'intérieur, et Shepherd ronronna :

— Tu n'appartiens qu'à moi.

La punition avait été brutale, et Shepherd s'évertua pendant presque une heure à apaiser ses muscles tremblants et sa respiration saccadée. Yeux fermés, Claire se lova contre lui, le plus près possible, craignant de cesser d'exister si leur contact venait à être rompu.

Le monstre caressa sa hanche de haut en bas et grommela tout bas :

— Si je sens ne serait-ce qu'une fois l'odeur d'un autre mâle sur toi, je le traquerai et je le démembrerai sous tes yeux... Puis je te baiserai dans la mare de son sang.

Elle se raccrocha à lui et enfonça profondément ses ongles dans sa chair.

— Quand tu dis des choses comme ça, j'ai peur, avoua-t-elle.

Étrangement, il la fit taire, comme s'il réconfortait une enfant, et la serra dans une étreinte d'ours.

Chapitre 8

Corday n'arrivait pas à le croire. Il secoua la tête, se sentant mal pour elle, et ravala la vague de colère frémissante. Les rumeurs s'étaient répandues comme une traînée de poudre, des récits variés racontant comment une enclave d'Omégas avait été sauvée.

C'était le terme utilisé par la chaîne Dôme pour décrire l'évènement. *Une mission de sauvetage.*

Et Claire avait disparu. En son for intérieur, Corday se sentait responsable – il aurait dû se douter que l'Oméga n'en ferait qu'à sa tête – et s'en voulait de ne pas avoir vu les signes.

Lorsqu'il s'était réveillé sur le canapé bosselé avec un torticolis, ayant dormi à un angle bizarre, il avait aussitôt compris ce qu'elle avait fait. Corday avait bondi sur ses pieds en s'invectivant tout haut et s'était précipité vers la porte.

Il n'aurait même pas dû partir à sa recherche, et il avait perdu des heures de son temps à fouiller toute la ville. S'il avait simplement allumé son écran COM, il aurait vu passer en boucle la version déformée de l'histoire, ainsi que des images de femmes émaciées acceptant de la nourriture. Il n'y avait pas eu d'image de Claire, ni de Shepherd, d'ailleurs. Mais un Bêta de petite taille, nommément le bras droit de Shepherd, était apparu pour offrir des couvertures aux Omégas et ordonner aux disciples de les mener en sécurité.

Un tissu de mensonges.

Corday ignorait comment Shepherd les avait trouvées mais, ayant vu le tract et la prime exagérée offerte à quiconque la retrouverait, il soupçonnait que l'une des amies de Claire l'avait trahie.

Cette pensée lui brisa le cœur.

L'exécuteur connaissait bien Thólos et savait contre quoi elle se frottait. Claire l'innocente était bien trop douce et idéaliste. Même si elle avait une volonté de fer, elle n'en restait pas moins une Oméga. Elle voyait le monde à travers les yeux d'une soignante, d'une mère-nourricière – pas d'une guerrière.

À en juger par les sols gelés autour de la scène de capture et par la vapeur qui s'échappait des bouches des femmes affamées, le groupe de Claire s'était abrité dans les basses sphères gelées. Un endroit dangereux, où davantage que les températures polaires pouvait vous tuer.

Corday s'était enfoncé dans la brume pour voir la scène de ses propres yeux, déguisé en pillard venu se servir dans le dédale. Il s'était fondu dans la masse de vautours qui razziaient déjà les maigres vivres abandonnés par les disciples.

L'odeur de Claire s'attardait dans l'air. Il put sentir son angoisse entêtante et intense dans la sueur qu'elle avait dû sécréter en courant vers ses amies. Corday suivit son odeur, ignorant les effets personnels abandonnés et éparpillés dans les différentes pièces, parmi les ordures. Sa piste prenait fin devant un placard. L'air qu'il sentit après avoir ouvert la porte empestait le sexe. Shepherd l'avait donc baisée dès qu'il avait mis la patte sur elle. C'était évident non seulement à l'odeur, mais également à la vue du pull et du pantalon abandonnés que Claire avait portés. Les vêtements que Corday avait spécialement préparés pour elle plus tôt la veille.

Il s'accroupit et porta le tissu à son nez. La tête penchée, il inspira l'Oméga en ayant l'impression d'être un raté.

Cela ne pouvait pas se terminer comme ça.

Il avait beau avoir déçu Claire, au moins, les renseignements qu'elle leur avait fournis sur les pilules les avait menés vers d'autres Omégas dans le besoin. Les exécuteurs, sous l'égide de la brigadière Dane, préparaient déjà leur raid. Corday les aiderait, comme il l'avait promis. Après tout, à quoi bon s'appeler une « résistance » si l'on ne rendait pas coup pour coup ?

***

Corday avait beaucoup de mal à éprouver du respect pour une femme comme la brigadière Dane, même si elle était son commandant. Son arrogance et son besoin puéril de constamment lui rappeler les crimes et l'incarcération ultérieure de son père les avait brouillés dès leur première rencontre. Mais quelque chose avait changé chez Dane depuis que la ville était tombée. Il était clair que la femelle Alpha était écrasée par le poids de la culpabilité du survivant. Dane faisait plus d'effort, parlait moins et semblait aussi gravement déterminée que lui à redresser au moins un tort si elle le pouvait.

La météo était mauvaise. Même à midi, il faisait presque noir, et le ciel houleux au-dessus du dôme était aussi inhospitalier que les gardes stationnés à l'extérieur du repaire du dealeur. Lorsque Corday se joignit au raid stratégique de Dane, il put sentir l'odeur des médicaments en train de cuire ; les relents amers et chimiques imprégnaient l'air. Et, surtout, il pouvait entendre les appels éperdus des femmes droguées, implorant d'être libérées de l'endroit où le dealeur aux joues tombantes les avait enfermées.

Il y avait environ une douzaine de gardes. La moitié d'entre eux étaient équipés d'artillerie de classe exécuteur à laquelle ils n'auraient jamais dû avoir accès. Fusil en bandoulière sur l'épaule, le visage dépourvu d'émotions, les malfrats semblaient habitués à l'infamie qui les entourait. Grâce aux informations rassemblées par la surveillance de Dane, les exécuteurs savaient à présent quelle ordure était aux commandes ; un Alpha râblé et plus âgé appelé Otto. Les ordres de la brigadière étaient de le garder en vie pour pouvoir l'interroger.

Ils devaient découvrir qui avait fourni ces armes à ces truands. Étaient-ils affiliés aux disciples de Shepherd ? Existait-il d'autres cartels armés dont l'artillerie pouvait être confisquée ?

Les clients s'approchaient déjà, munis d'offrandes à troquer, et se tortillaient du besoin de s'accoupler avec une Oméga en chaleur. Il semblait qu'un rien, un simple fruit frais ou un sac de riz, suffise pour qu'un Alpha ou un Bêta puisse tirer son coup. Des réserves de vivres étaient empilées dans des caisses dans un coin gardé, qui pourraient être utilisées à bon escient lorsqu'elles seraient confisquées.

Éliminer ces hommes pourrait peut-être financer les prémisses d'une véritable rébellion.

Menée par la brigadière Dane, Corday derrière elle, l'équipe de douze exécuteurs armés assaillit le site bétonné en formation stratégique. Toutes les cibles furent éliminées sans hésitation ; l'infiltration avait été chorégraphiée avec une précision que même Shepherd aurait admirée.

Pendant que Dane s'occupait des hommes penchés sur les tables de préparation, l'équipe de Corday continua son chemin et s'enfonça jusqu'à l'arrière du bâtiment. Alors qu'ils s'approchaient des Omégas enfermées, les exécuteurs, comme tout être humain, se retrouvèrent assaillis par l'odeur entêtante de leurs phéromones mêlée à la puanteur des déchets humains. L'animal en Corday renifla, instantanément appâté, tandis que l'humain qui contrôlait ses besoins jugea tout ce qu'il voyait repoussant. La scène était écœurante. Six femmes étaient enchaînées au mur et munies de colliers, comme des chiens. Deux d'entre elles étaient si émaciées par leurs chaleurs répétées que Corday avait du mal à croire qu'elles respiraient encore.

Chaque captive était attachée à égale distance – juste un peu trop loin pour pouvoir se toucher. Quelques-unes étaient encore en train d'être montées par des Alphas, qui ne s'étaient pas rendu compte que des soldats leur tombaient dessus. La ville était devenue une zone de combat, et les soldats ne montrèrent aucune pitié. Une balle tirée en pleine tête, et les coupables moururent, trop absorbés par leur nœud pour pouvoir se retirer. En fin de compte, seuls trois d'entre eux, dont leur chef Otto, furent capturés vivants et attachés au milieu de la pièce. Les exécuteurs détachèrent les Omégas et se préparèrent à les déplacer aussi vite que possible, avant que leurs phéromones ne provoquent l'entrée en rut des officiers.

Corday avait vu bien des horreurs pendant ses quelques années en tant qu'exécuteur, des crimes si vulgaires qu'il avait eu du mal à croire quiconque capable de les commettre. Il s'avéra cependant que cet horrifiant chenil d'Omégas n'était que le début. À l'intérieur d'une chambre froide fermée par des chaînes se trouvaient les corps abandonnés de nombreuses créatures squelettiques. Les cadavres émaciés de onze Omégas assassinées, meurtries, battues, aux yeux sans vie tournés vers le néant, étaient empilés n'importe comment, congelés par le froid qui avait empêché leur décomposition.

La brigadière Dane regardait, bouche bée, le corps d'une petite fille qui ressemblait tellement à sa sœur portée disparue qu'il lui fallut un moment pour entendre les cris de ses hommes. Elle détourna les yeux et se précipita vers le vacarme. Une des Omégas, une femelle récemment capturée et qu'ils n'avaient pas encore réussi à calmer complètement, brandissait un tesson de verre ensanglanté. Nue, elle se tenait au-dessus d'Otto et de ses sbires, occupée à scier la gorge du gangster enchaîné jusqu'à entailler sa propre main.

Elle avait tué leur source d'information.

Corday était en train de parler à l'Oméga à voix basse pour essayer de l'apaiser et la pousser à lâcher le morceau de verre, mais rien ne semblait atteindre le zombie.

— Chut, chut, tout va bien, lâchez le verre. Nous sommes des exécuteurs venus vous emmener en lieu sûr, m'dame.

Elle se tourna vers le jeune homme, qui avait levé les mains pour la calmer, et siffla d'une voix brisée :

— Ils ont tué mon Doug, mon bébé.

— Lâchez le verre, s'il vous plaît.

Ses yeux vitreux se reposèrent sur les hommes morts qui l'avaient enchaînée et avaient volé sa vie. Elle n'eut même pas un instant d'hésitation. Elle planta le tesson sanguinolent si profondément dans sa gorge que le sang gicla aussitôt.

Corday se précipita vers elle pour poser ses mains sur sa gorge.

La brigadière Dane savait qu'il serait impossible de sauver la femelle de la plaie béante qu'elle avait ouverte dans sa propre gorge, quels que soient les efforts du Bêta, qui était dans tous ses états. En revanche, il leur aurait été possible de sauver toutes ces femmes entassées dans la chambre froide – si seulement ils avaient fait attention et agi des mois plus tôt. Mais les exécuteurs avaient été trop occupés à se regrouper, à comploter et à ne rien faire.

Dans le cœur de tous ceux présents, tout sentiment de victoire s'était envolé, s'écoulant comme le sang de l'Oméga sur le sol. Dane s'accroupit et ferma les yeux de l'Oméga décédée en répétant leur prière.

Lorsqu'elle eut terminé son incantation à la déesse mère des Omégas, Dane durcit sa voix. Elle aboya des ordres. La tour de vivres fut démontée et chargée sur des transports. Les Omégas embrouillées par leurs chaleurs furent emmenées en sécurité.

Les corps durent être laissés sur place. Ils n'auraient rien pu faire pour les morts.

Tous les médicaments furent entassés et brûlés, remplissant l'air de fumées toxiques – la recette parfaite pour l'absolution par le feu. Corday gratta l'allumette qui détruisit les faux suppresseurs de chaleur, les méthamphétamines… la preuve des atrocités commises ici et le rôle des exécuteurs dans leur purification. Mais la structure du bâtiment tint bon.

Thólos était à l'épreuve du feu.

***

Épuisée, Claire étira ses jambes sous les couvertures douillettes et posa les pieds sur le sol. Elle ne se sentait pas bien, comme accablée par la léthargie qui précède la maladie, et elle fut soulagée que Shepherd ne soit pas dans la pièce, qu'il ne la tripote pas comme il le faisait toujours quand elle se réveillait. Il l'avait punie pour sa résistance, l'avait terrorisée puis apaisée, usant de ses subterfuges pour pervertir ses pensées.

Assise au bord du lit, elle frotta ses yeux endormis et fronça les sourcils en sentant l'élancement dans son épaule. Dans la chambre, tout était à la même place que la dernière fois qu'elle s'y était retrouvée enfermée. Tout, sauf sa peinture de coquelicots. Elle était inclinée, le papier moins neuf, comme si elle avait été manipulée de façon répétée. Luttant contre l'impulsion de la recentrer, Claire étudia les fleurs, certaine que Shepherd avait fait pareil en son absence.

Étant donné la rage qui avait tiraillé son côté du lien au début de son escapade, elle fut étonnée de ne voir aucun signe de sa fureur dans la cellule. Le mobilier était intact. Ses maigres affaires étaient exactement là où elle les avait laissées, presque comme si elle n'était jamais partie. Même les draps de lit n'avaient pas été changés depuis son départ.

Claire s'approcha de la salle de bain à pas de tortue, retira la gaze sur son épaule et plongea sous le jet d'eau chaude. Elle avait du mal à bouger son bras, le shampooing piquait sa blessure et elle serra les dents à l'inconfort que se nettoyer lui causait.

Comme s'il avait su qu'elle voudrait se laver dès son réveil, il avait laissé de la gaze stérile et une bande propre sur le lavabo. Claire s'empressa de couvrir la marque hideuse pour que son estomac barbouillé cesse de menacer de se vider chaque fois qu'elle la regardait, puis banda la morsure. Alors qu'elle posait précautionneusement la bande sur la zone sensible, son regard fut attiré par quelque chose qui n'aurait pas dû être là. Une de ses robes débordait du petit panier qu'ils utilisaient pour leur linge sale. Vu qu'elle s'était absentée pendant huit jours, cela lui parut étrange. Elle la sortit et haussa les sourcils. Le tissu avait son odeur, mais il puait le sperme de Shepherd... comme s'il l'avait reniflé et s'était masturbé avant d'éjaculer sur ses vêtements.

Cette pensée provoqua un tiraillement involontaire dans son bas-ventre. Sans réfléchir, Claire fouilla le panier pour découvrir que presque chaque vêtement qu'elle possédait avait subi le même sort. Pourquoi avait-il fait ça ? Et, surtout, pourquoi l'odeur lui était-elle si agréable ? En se rendant compte qu'elle reniflait toujours la première robe, une vague d'embarras empourpra ses joues. Claire s'empressa de fourrer la lessive fétide dans le panier.

Elle s'éclaboussa le visage à l'eau froide, et la fièvre sembla se dissiper.

Quelque chose dans l'acte qu'il avait commis la perturbait. Durant ses quelques jours de liberté, elle s'était efforcée de ne pas penser à Shepherd, de ne pas s'inquiéter des effets que leur séparation pouvait avoir sur lui. Claire s'était défendue de se demander s'il souffrait autant qu'elle. Son refus d'entendre son appel et de reconnaître leur lien l'avait torturée. Et lui, comment l'avait-il vécu ? S'était-il inquiété qu'elle soit blessée ? Après tout, le tract avait stipulé qu'il voulait la retrouver saine et sauve. Cet homme avait placé beaucoup de confiance dans l'avarice des autres... et, visiblement, son pari avait payé.

Claire sortit de la salle de bain, délaissant son reflet embarrassé, et fit les cent pas.

Distraitement, elle balaya la chambre des yeux et réalisa que son évaluation précédente était inexacte. La pièce n'était plus du tout à son goût. À commencer par les draps de lit viciés, qui laissaient vraiment à désirer. Ils devaient être changés. Elle défit le lit et se sentit légèrement mieux lorsqu'elle eut étendu des draps propres. Sa toile devait être redressée. Une migraine commença à battre sous ses tempes, et la bosse sur son crâne se mit à palpiter. Elle recommença à arpenter la pièce. Une minute elle avait trop chaud, la suivante elle avait trop froid. Mais qu'elle transpire ou qu'elle grelotte, elle n'arrivait pas à être à son aise.

Son inquiétude pour les Omégas était au premier plan de ses pensées. Shepherd l'avait assurée qu'aucune d'entre elles n'avait été blessée. Mais qu'en était-il de Lilian ? Et de ses complices ? Les avait-il tuées ? Était-il justement en train de les pendre ?

L'estomac de Claire se retourna et, l'espace d'un instant, elle se sentit vraiment malade. La sensation désagréable se dissipa, mais la submergea de terreur et la vida de toutes ses forces. Voilà, pensa-t-elle en posant ses yeux verts sur les murs gris et ternes de la pièce. Voilà à quoi allait se résumer sa vie – une vie enchaînée à un homme dont l'obsession était de la cacher ; un homme qui allait pendre trois femmes parce qu'elles avaient essayé de récolter la prime qu'il avait offerte. Un monstre possessif qui maniait le mal comme un instrument… Un maniaque qui disait des choses terrifiantes puis la câlinait jusqu'à ce qu'elle baigne dans un semblant de confort.

Shepherd était indubitablement cruel. Ils étaient incompatibles dans leurs besoins, leurs idéaux, dans l'essence même de leurs âmes. Et ils étaient appariés. À jamais.

Pour se retenir de pleurer, Claire essaya de se distraire dans le nettoyage de la chambre, inquiète et ralentie par son bras. Malgré tous ses efforts pour frotter et récurer, rien ne lui semblait assez propre. Mais le ver pulsait en elle, encourageait son comportement délirant et lui murmurait combien c'était parfait, la beauté de cette pièce murée de gris, les prouesses de son partenaire, son intelligence de l'avoir retrouvée…

Le temps que Shepherd réapparaisse, Claire s'était résignée et était prostrée à la table, la tête posée entre les bras. Un plateau à la main, son partenaire étudia la pièce d'un air approbateur, satisfait que sa femelle ait bien occupé son temps. Ils n'échangèrent pas un mot. Claire se contenta de se redresser, de glisser ses cheveux derrière ses oreilles et de regarder la nourriture en fronçant les sourcils.

C'était un superbe blanc de poulet garni, recouvert d'une épaisse et appétissante sauce aux champignons et à l'ail. Exactement le genre de mets que Claire adorait, mais l'odeur lui fit penser à de la viande avariée. Elle avait eu du mal à manger durant ses derniers jours de liberté, sans doute un effet secondaire de sa résistance à leur lien. Un malaise la prit quand elle tendit la main vers la fourchette. L'homme ronronnait et exsudait l'odeur riche de l'Alpha ; toutes choses qui auraient dû lui apporter du réconfort, dont son corps et son esprit avaient rêvé pendant qu'elle se cachait. Quand bien même, elle dut se forcer à avaler la moitié de l'assiette.

La nourriture aurait dû être délicieuse. Elle aurait dû avoir faim.

Nauséeuse, Claire repoussa le plateau et eut envie de vomir. Il resta debout à côté d'elle et tendit la main pour ramasser ses vitamines, qu'elle avait tendance à oublier, puis attendit qu'elle les prenne. Pressée d'en avoir terminé, elle fourra le comprimé dans sa bouche et avala une gorgée d'eau. Lorsqu'elle eut fini, que le cachet eut passé sa gorge, elle eut un haut-le-cœur.

Une main chaude s'abattit sur sa nuque et repoussa sa tête entre ses genoux. Le ronronnement doubla en volume et en force. La vague de nausée se dissipa, mais lui donna des sueurs froides. Ce devait être le stress, ou peut-être avait-elle attrapé un microbe. Tout ce dont elle était sûre, c'était qu'il était hors de question qu'elle avale autre chose pour l'instant.

139

— Je dois examiner ta marque pour voir s'il n'y a pas de signes d'infection.

Ce n'était pas une suggestion, mais un ordre, et elle en était bien consciente.

— Tu pourrais me donner une minute ? grommela Claire, pliée en deux et pas encore prête à se relever.

— Je vais aller chercher ce qu'il me faut. Ça me prendra quelques minutes, que tu peux utiliser pour te remettre de tes émotions.

Le poids de sa main disparut sur sa nuque, et Claire vit ses bottes disparaître. Aspirant lentement par petites goulées rafraîchissantes, elle parvint à se relever et à essuyer la sueur sur son front à l'aide de son avant-bras. Quand il revint, elle était renversée sur sa chaise, en train de contempler le plafond en béton familier, se sentant toujours très mal.

— Assieds-toi droite, dit la bête en approchant.

Un autre plateau fut posé devant elle, cette fois garni d'instruments médicaux et de deux seringues préremplies. Claire fixa du regard cet étrange assortiment et se crispa quand Shepherd baissa la bretelle de sa robe. La gaze fut soigneusement retirée. Une compresse trempée dans de l'eau oxygénée rafraîchit sa peau brûlante et fit pétiller la morsure. Elle détourna les yeux et se retint de vomir. Tous les gestes du géant semblaient aussi concis que possible pour minimiser son inconfort. Penché vers elle, il la manipulait avec douceur.

Elle resta immobile durant tout le temps qu'il passa à la manipuler et à faire pression avec ses doigts, à deux doigts de perdre son sang-froid et d'aller se cacher dans la salle de bain. Il étala un onguent, puis banda la plaie. Ensuite, il enfonça un thermomètre numérique dans son conduit auditif et hocha la tête en voyant le résultat.

Quand ses grandes mains s'approchèrent d'une des seringues, Claire se raidit et s'empressa de demander :

— Qu'est-ce que c'est ?

— Un antibiotique.

Shepherd retint son bras comme s'il craignait qu'elle ne le retire d'un coup sec et l'injecta rapidement. Claire vit l'aiguille ressortir de sa chair et une goutte de sang perler à sa place. Lorsqu'il s'approcha avec la deuxième seringue, sa prise se resserra, et il la piqua bien plus fort, dans le biceps. Elle poussa un « aïe » irrité lorsqu'il enfonça le piston.

— Et ceci est une forme bien plus pure de l'inducteur de fertilité que tu avais en poche quand tu es venue me voir à la cour.

— *Quoi ?*

Claire était déjà en train de le repousser et de frapper son bras avec son poing pour se libérer. L'Alpha se contenta d'ignorer chaque coup et de poser du coton stérile sur la marque de la piqûre, avant de frotter son muscle jusqu'à ce qu'elle ait mal.

— ESPÈCE D'ENFOIRÉ ! COMMENT OSES-TU !

— C'était ta seconde dose, expliqua-t-il d'une voix douce. Tu as reçu la première injection à ton arrivée, il y a vingt-quatre heures. C'est pour ça que tu te sens mal.

Les remontées acides, les sueurs froides, la fièvre… C'étaient les mêmes symptômes que ceux qu'elle avait ressentis quand elle était venue le trouver à la Citadelle, mais les effets semblaient multipliés par dix. Cette fois, elle n'était cependant pas terrifiée. Non, elle était prête à le tuer. Shepherd la laissa le traiter de tous les noms à sa connaissance jusqu'à ce que son visage soit empourpré, en se contentant de tenir son bras et de masser l'endroit où il avait injecté le médicament.

Elle n'était pas censée entrer en chaleur avant au moins trois mois, cinq si elle avait de la chance, et ce salaud lui imposait un nouveau cycle !

— Pourquoi ferais-tu ça ? cracha-t-elle. *Pourquoi ?*

— Parce que ton corps était trop affaibli durant tes dernières chaleurs, expliqua-t-il sans remords. Tu es plus forte, maintenant. Les chances d'une fécondation réussie sont bien plus élevées.

— Donc tu m'as injecté des tas de saloperies pour que je me reproduise comme une poulinière ? Tu sais combien c'est dégueulasse ? On est appariés depuis moins de deux mois. C'est complètement insensé ! *J'aurais eu naturellement mes chaleurs au printemps !*

Shepherd reprit la parole, complètement indifférent à son emportement.

— Le temps est un facteur. Et, en tant qu'Oméga, la maternité ne t'apportera que de la joie.

Claire avait envie de s'arracher les cheveux.

— Shepherd, sors de cette pièce tout de suite ! Reprends ton poison et tes hypothèses à la con sur les Omégas et DÉGAGE !

Lorsqu'elle vit ses prunelles pétiller d'amusement, elle craqua et le gifla aussi fort qu'elle le put. Mais son accès de violence n'eut d'autre effet que de faire picoter sa main. Claire serra le poing et berça ses doigts endoloris contre sa poitrine. Shepherd semblait calme, comme s'il s'était attendu à sa crise de nerfs, et il resta coi pendant qu'elle l'invectivait et essayait de se relever de sa chaise.

Les cheveux en bataille, les yeux lançant des éclairs assassins, elle sentit venir une nouvelle vague de fièvre, pire que la précédente, et gronda comme une bête sauvage.

— Je te hais !

— Tes hormones sont chamboulées.

Bien sûr que ses hormones étaient chamboulées, vu qu'il lui en avait injecté un trop-plein !

— Tu es un porc... Un mauvais partenaire, siffla-t-elle entre ses dents serrées.

— Je te garantis que tu te sentiras bien mieux dans quelques heures, fredonna-t-il malicieusement.

Il passa l'arrière de ses doigts sur sa joue.

Claire eut un mouvement de recul et éclata en sanglots. Elle ne savait pas si c'était un genre de punition tordue ou un autre aspect de sa vie dont il prenait le contrôle. Ce dont elle était sûre, c'était que rien ne lui allait dans ce qu'il avait fait.

Lorsqu'il essaya de caresser ses cheveux, elle tapa sur sa main et hurla :

— *Ne me touche pas !*

Elle se pencha en avant, cacha son visage dans sa jupe et sanglota. Shepherd ne bougea pas pendant les dix bonnes minutes qu'il fallut à ses gémissements plaintifs pour se muer en hoquets.

— Si tu veux bien arrêter de pleurer, je t'emmènerai dehors pour te montrer le ciel, lança-t-il, son ton moqueur remplacé par un subtil ton aguicheur.

Elle resta pliée en deux, le visage dissimulé, et lança sa main en l'air dans sa direction.

— Va en enfer !

Le fil qui les reliait, ce lien entre eux, avait été si heureux, comblé et chaud une heure plus tôt, mais il ne vibrait plus que de douleur, comme une lame de rasoir dans sa poitrine. Elle espérait de tout son cœur qu'il lui faisait aussi mal qu'à elle, que ce satané lien huileux était une torture qui allait dans les deux sens. Mais elle finit par se souvenir qu'il n'était qu'un psychopathe sans cœur, incapable d'éprouver des émotions humaines... qu'il soumettait sciemment Thólos à la torture.

Claire repensa à sa mère et comprit à quel point ses pensées avaient dû la tourmenter pendant toutes ces années... la rongeant de l'intérieur jusqu'à ce qu'elle n'en puisse plus. Son père avait beau avoir été un homme respectable, même Claire avait senti que sa mère n'avait pas voulu de lui... Mais qu'elle avait désiré la femelle Alpha dans la maison d'à côté, celle qu'elle n'aurait jamais pu avoir. Son suicide avait dû être tellement libérateur. Elle avait pris le contrôle de sa destinée, de la seule chose que l'Alpha dominant le lien n'avait pu décider pour elle. Cette pensée devenait incroyablement attrayante.

— Je n'approuve pas la direction de tes pensées, gronda Shepherd d'une voix basse et menaçante.

Claire l'ignora.

De grandes mains encerclèrent ses bras et la relevèrent. Elle refusa de le regarder, renifla et tourna la tête, contemplant pitoyablement le mur du fond.

— On va sortir d'ici. Tu verras ton ciel et tu te sentiras mieux, ordonna-t-il. Cette réaction émotionnelle artificielle finira par passer.

C'était comme s'il n'avait aucune idée de comment fonctionnaient les gens.

Tous les signes d'un cycle de chaleurs qui gagnait du terrain étaient présents : frissons, sueurs froides, défaillance de son système digestif. Sa folie du nettoyage, le besoin de préparer la pièce... Shepherd avait raison. Dans quelques heures, elle le supplierait pour qu'il la baise.

Elle se couvrit la bouche en sentant venir une nouvelle vague de nausée.

Il la lâcha et la regarda courir vers la salle de bain pour vomir. Entre les haut-le-cœur de son estomac qui se vidait, elle perçut vaguement qu'il lui tirait les cheveux en arrière et que sa main caressait son dos. Tout ce qu'elle avait avalé fut régurgité jusqu'à ce que seule de la bile remonte. Elle se sentit si complètement malade et dégradée, assise sur ses genoux pendant que la source de ses tourments prétendait être une source de réconfort...

— Pourquoi me fais-tu ça ? souffla-t-elle lorsqu'il passa une serviette fraîche sur son visage.

— Je veux une progéniture. Une descendance.

La pensée rationnelle lui revenait, et Claire crapahuta loin de lui pour aller se rincer la bouche à l'évier.

— Tu es fou. Même toi, tu dois voir que ceci n'est pas un endroit pour un enfant.

— La grossesse te calmera et te mettra dans le bon état d'esprit, dit-il avec assurance en la regardant se brosser les dents, bien trop près pour son confort. Inutile que tu sois bouleversée, ma petite. Je t'offrirai à la fois sécurité et confort.

— Sécurité ? cracha-t-elle en postillonnant. Tu viens de m'empoisonner. Confort ? Je vis dans une cage en béton !

145

Ses yeux argentés se plissèrent en signe d'avertissement. Shepherd perdait visiblement patience.

— C'était nécessaire, et ça te sera entièrement bénéfique si tu conçois lors de tes prochaines chaleurs.

— Ne fais pas comme si tes actions étaient à mon avantage. Je serais complètement à ta merci. La grossesse me contraindrait à avoir *besoin* de toi !

— Tu es déjà complètement à ma merci. Arrête de bouder, dit-il en l'attrapant par la peau du cou. Allons marcher, maintenant.

Le ronronnement qu'il lui imposait constamment ne s'interrompit pas quand il la ramena dans la chambre.

— Ne fais pas comme si c'était un acte de bonté, pesta Claire, qui n'était pas stupide. Tu veux que je sorte de cette pièce pour que d'autres puissent venir la préparer.

— Tu es très futée, ma petite. Un excellent attribut pour la mère de ma progéniture.

— Et tu es très malfaisant, rétorqua-t-elle en contemplant la montagne devant elle avec une révulsion abjecte.

Shepherd sembla croître et s'étendre dans le clair-obscur de sa prison.

— Je peux l'être. Mais je suis aussi un homme, et j'attends un enfant de celle que j'ai choisie comme partenaire. Dommage que le programme ne te convienne pas, mais c'est ce que je désire, dit-il en lui offrant sa paume de main, ni vraiment un acte de politesse ni une menace en soi. Maintenant, viens. Je vais t'escorter dehors.

Claire n'avait ni manteau ni chaussures, aussi Shepherd l'emmaillota dans une couverture, essuya son visage et lissa ses cheveux tout en ronronnant bruyamment pour l'empêcher de se rebeller. Il n'y avait pas âme qui vive dans les couloirs qu'ils empruntèrent, comme s'il avait préparé leur excursion et expulsé tous les hommes qui auraient pu croiser le chemin de son Oméga. Claire mémorisa chaque tournant et chaque point de repère dans ce dédale, dressant une carte dans sa tête, prête à fuir à la première opportunité. Durant tout le trajet, Shepherd garda sa main vissée dans la sienne, implacable. Elle ne pourrait aller nulle part.

Leur parcours silencieux se termina sur la terrasse inférieure, au pied de la Citadelle – un endroit décevant qui offrait peu en matière de vue au-delà des basses sphères embrumées. Le Bêta aux yeux bleus était de faction, armé et le regard posé droit devant lui, mais il était seul.

Ses pieds gelés contre le sol, un vent fort faisant claquer la couverture contre ses jambes, l'Oméga malheureuse ignora toutes ces sensations pénibles. Bien qu'il fasse noir, le ciel formait une voûte étendue au-dessus d'elle, entourée de tours qui s'élevaient pour effleurer le sommet du Dôme.

En plissant les yeux, elle pourrait peut-être distinguer les étoiles.

Claire éprouva un élancement de nostalgie. Son cœur lui évoqua un morceau de chair pourri, entouré de côtes endommagées par le ver parasite. Distraitement, elle commença à frotter sa poitrine en contemplant le ciel à travers ses larmes, se sentant malade et proche du désespoir.

Shepherd se tenait derrière elle, tout contre son dos pour la réchauffer de son corps, et jouait avec ses mèches qui volaient au vent. Chaque fibre de son être rêvait de le repousser, d'éloigner ses cheveux de ses doigts, mais elle savait que lui crier sa rage dans la chambre était la limite de désobéissance que Shepherd lui autoriserait. L'eut-elle défié devant un autre mâle, son disciple et subordonné, cela ne se serait pas bien terminé pour elle. Il avait tellement plus d'armes dans son arsenal maintenant que ses chaleurs déclenchées artificiellement approchaient. Si elle le poussait trop loin, il pourrait aller jusqu'à laisser ses hommes la prendre. La pensée d'être partagée comme une putain la terrifia.

La tourmente approchait. Elle était jeune, fertile. L'odeur de Shepherd trahissait sa virilité. Biologiquement, ils étaient extrêmement compatibles. Il créerait la vie en elle. Comme si c'était déjà une réalité, Claire baissa les yeux vers son ventre plat et posa la main sur l'endroit où, dans moins d'une semaine, un bébé grandirait.

— Tu te sens mieux ? demanda Shepherd en inspirant profondément, son nez contre son crâne.

— Qu'est-ce que ça change, comment je me sens ? demanda-t-elle, assez bas pour que la conversation reste entre eux.

— C'est important, répondit-il en tirant doucement ses cheveux, de la manière qui la calmerait le mieux.

— Je ne te pardonnerai jamais ce que tu as fait.

Les ronronnements de l'homme redoublèrent, et il enroula son bras autour de sa taille comme une ancre.

Claire se retourna, les yeux à hauteur de son torse, et posa une main sur la partie du corps de Shepherd où son lien à lui était accroché. Elle leva ses cils humides vers ses yeux argentés inexpressifs et pleura ouvertement.

— C'est ici que tu es enchaîné à moi, où notre lien est tissé. Peut-être es-tu incapable de sentir ce que tu as fait, mais je sais une chose : un Alpha qui marque une Oméga est censé tenir à elle. Mais tu ne tiens pas à moi… Donc pourquoi nous avoir appariés ? Si tout ce que tu voulais était un enfant, tu aurais pu m'injecter tes hormones artificielles et planter ta graine en moi. Pourquoi me faire porter le fardeau d'un marquage peu gratifiant ? Pourquoi gâcher ma vie et m'empêcher d'être un jour heureuse ?

Il ne détourna pas le regard, mais elle eut le sentiment qu'il essayait de voir à travers elle. Au bout de trois inspirations, Shepherd prit la parole :

— Tu es jeune et tu crois comprendre le monde depuis ton point de vue idéaliste. Tu crois savoir bien plus que tu ne sais, expliqua-t-il du ton du professeur éloquent, sa voix musicale peu affectée par le vent. Parfois, l'explication est aussi primaire qu'un homme qui veut quelque chose parce qu'il le peut, qui voit sa chance et la saisit.

Le géant tournait en rond et ne lui donnait rien. Claire retira sa main de l'endroit où elle avait espéré sentir quelque chose – un soupçon de regret, quelque chose qui dépassait l'idée de possession.

— Je lutterai contre mes chaleurs.

— Tu essaieras, corrigea-t-il en passant son doigt sous son menton pour le relever vers lui. Mais je suis ton partenaire, et je t'apaiserai pendant tes chaleurs. Je m'occuperai de toi et je te donnerai du plaisir, dit-il très sérieusement. Et, quand ton cycle sera terminé, tu me donneras ce que je désire.

— Et si je ne conçois pas, tu me drogueras de nouveau ?

Il glissa une mèche de cheveux derrière son oreille et hocha la tête avant de répondre tout bas :

— Oui.

Les yeux rivés dans son regard argenté, Claire se sentit perdue et ébranlée.

— Mes pieds sont gelés, maugréa-t-elle.

— J'en suis conscient, mais je voulais que tu voies ton ciel aussi longtemps que tu le pouvais, dit-il en frottant son dos, comme pour la réchauffer, avant d'ajouter doucement : Nous savons tous les deux que tu n'es pas digne de confiance, ma petite. Par conséquent, tu ne le reverras pas avant longtemps.

Son large pouce tiède était déjà prêt à essuyer les larmes de colères que son verdict lui soutirerait.

***

Corday s'adossa au mur derrière lui et fit de son mieux pour ignorer les femelles en chaleur qui suppliaient, enfermées dans la cellule attenante. Seuls six exécuteurs Bêta avaient été autorisés à rester dans le lieu sûr, pour y effectuer des tournantes et forcer les Omégas à avaler des suppresseurs de chaleurs toutes les quatre heures. Pour éviter de respirer leurs phéromones, ils portaient des masques couverts d'huiles âcres et se déplaçaient aussi vite que possible. Quand bien même, les Bêtas étaient excités, et chacun d'eux avait été mis à rude épreuve. L'observateur qui les surveillait de derrière un panneau en verre avait vu les changements affecter deux de leurs camarades, qui avaient dû être traînés dehors pour prendre l'air.

Ce n'était pas intentionnel, et aucune femme n'avait été touchée. La compulsion était une simple pulsion naturelle à laquelle ils se préparaient grâce à des tests et des épreuves. Les exécuteurs qui s'occupaient des Omégas travaillaient en équipe pour cette raison précise. Mais, malgré leurs soins attentifs, une des femelles, qui n'avait que la peau sur les os, était morte des suites de la malnutrition et de blessures internes invisibles.

Aucun d'eux ne connaissait son nom lorsqu'ils l'avaient enterrée sur une terrasse couverte de terre et envahie de mauvaises herbes. Ils avaient creusé aussi profond qu'ils le pouvaient avant de toucher la structure. Son histoire était une énigme, une énième personne non identifiée que l'occupation de Shepherd avait vouée à la décomposition. L'Oméga avait des cheveux foncés comme Claire, une silhouette aussi menue. Quand il jeta la première pelletée de terre sur le corps, Corday se sentit malade et manqua de pleurer. Il rentra lorsque ce fut terminé, incapable de regarder plus longtemps.

Douze heures s'étaient écoulées depuis que les Omégas avaient reçu leur première dose. À travers la petite fenêtre, Corday vit que le soir était tombé et se tint prêt. Il serait le suivant à entrer dans la pièce baignant dans les phéromones irrésistibles de leurs chaleurs.

Une alarme sonna, et l'exécuteur qui le surveillerait pendant qu'il forcerait les femmes à avaler leur cachet lança :

— C'est l'heure, mec.

Corday hocha la tête et se leva, saisit le masque nauséabond qui lui était tendu, puis attrapa les cachets et la carafe d'eau. La porte s'ouvrit devant lui, et il la franchit, retenant inconsciemment sa respiration avant de travailler de gauche à droite.

Leurs mâchoires s'ouvrirent de bon cœur pour sucer ses doigts. C'était les forcer à avaler qui tenait de l'impossible. Il devait ronronner de manière hachée, ce qui le forçait à respirer, et pratiquement les noyer jusqu'à ce qu'elles consentent à avaler le cachet. Il s'occupa des cinq femelles, sentit monter la fièvre et recula ; sa queue pulsait si fort qu'il en avait mal. Une fois hors de la pièce, il courut dehors, son esprit empli de pensées de Claire et du moment de faiblesse qu'il avait eu dans la douche, quand l'odeur délicieuse de sa salle de bain l'avait fait bander comme un taureau.

Le fait que, en ce moment-même, il rêve de glisser sa main dans son pantalon et de se branler, le remplit de haine de soi. Corday lutta contre la tentation et resta dans le froid plus d'une heure pour se calmer... comme tous les exécuteurs qui étaient entrés dans cette pièce avaient été forcés de le faire. Il finit par débander et se ressaisir, et retourna à l'intérieur pour continuer sa garde. Il pria le dieu de tous les Bêtas de ne pas avoir à retourner dans cette pièce.

Sa prière, comme toutes les autres, ne fut pas exaucée.

Il fallut presque trois jours complets pour briser les chaleurs des Omégas, et cinq expéditions de plus dans cet enfer teinté de phéromones pour Corday. Quand les femelles reprirent enfin leurs esprits, elles étaient perdues et effrayées... La plupart planaient tellement qu'elles se souvenaient à peine de ce qui leur était arrivé. Celles qui s'en souvenaient étaient inconsolables ou apathiques, comme des poupées vides. Les exécuteurs leur apportèrent à manger et se chargèrent d'effectuer une surveillance anti-suicide.

Une autre Oméga mourut avant le lever du soleil, la plus amorphe des cinq... De cause inconnue. Ce fut la brigadière Dane qui l'annonça en soupirant, comme si la fille avait simplement décidé d'arrêter de respirer.

Corday l'enterra juste à côté de l'inconnue. Au moins, il savait qu'elle s'était appelée Kim Pham. Cette fois-là, il pleura comme un bébé.

Chapitre 9

Alors qu'ils se tenaient toujours sur la terrasse, Claire sentit les premiers stimuli et manifestations de l'arrivée de ses chaleurs. Une bouffée de chaleur chassa le froid, la couverture qui l'emmaillotait devint inconfortablement chaude et commença à la gratter... Mais elle fit de son mieux pour le cacher. Sa tentative de feindre la normalité ne fit aucune différence. Shepherd sentit immédiatement le changement qui s'opérait en elle. Sans prononcer un mot, il la souleva et la ramena diligemment dans sa cage. Quand la porte se fut refermée derrière eux, elle détala pour prendre ses distances, puis commença à faire les cent pas. Sa marche dura des heures, son estomac noué, son humeur massacrante. Le mâle sembla se satisfaire de la laisser se tordre les mains et arpenter la pièce de long en large. Il remarqua qu'elle refusait même de regarder dans la direction des textiles qu'il avait fait apporter pour son nid, ou celle de la tablée de nourriture qui lui était réservée pour se repaître avant ce qui pourrait être un isolement prolongé.

Ses entrailles nouées la tiraillèrent et, sous peu, elle pantelait, la main pressée sur son ventre, inquiète de ce que les hormones artificielles faisaient à un corps qui n'était pas du tout prêt à ovuler.

— Le malaise passera, lança une voix calme et basse dans un coin. Il n'y aura pas de séquelles à long terme.

Claire lança à l'indésirable un long grognement vicieux. Elle détestait qu'il lui parle comme s'il pouvait lire dans ses pensées. Il ignora son manque de respect et resta assis comme une gargouille imposante sur sa chaise.

C'était rageant.

Claire aurait préféré qu'il sorte de la pièce, car elle n'était pas habituée à être aussi proche d'un mâle durant ces inconfortables moments de pré-chaleurs. Elle se força à ignorer l'intrus et employa un éventail de trucs qu'elle avait appris au fil des ans, des petites distractions qui pouvaient soulager la folie. Fébrile, elle glissa ses mains dans ses cheveux. Elle tressa ses boucles, fit les cent pas, les détressa, respira, encore et encore. L'odeur délicieuse dans l'air – celle d'un Alpha bien trop proche – se muait en autre chose dans sa tête : elle pouvait à présent sentir les fleurs d'orangers dans les vergers que son père adorait visiter. Durant tous les étés de son enfance, il avait acheté pour sa famille une entrée au plus haut niveau de la tour de la Galerie, afin qu'elle puisse jouer dans la terre comme les petites filles le faisaient avant que l'humanité ne se retranche sous le verre pour survivre.

Chaque précieux week-end avait coûté à son père un mois de salaire.

Éprouvant le besoin de craquer son cou et de détendre ses os, Claire fit distraitement rouler son épaule endommagée. Un élancement de douleur interrompit ses mouvements. Elle avait oublié. Elle baissa les yeux vers le bandage et effleura la gaze du bout des doigts. La blessure lui faisait beaucoup moins mal. Ses récepteurs de douleurs inhibés lui signalèrent que les chaleurs étaient presque arrivées.

La peur affûta son esprit embrouillé. Claire se força à penser aux fleurs d'orangers, ignora son envie de faire craquer ses articulations et tritura ses cheveux.

Mais le temps faisait son œuvre, comme toujours. Ses mouvements raides et saccadés devinrent plus langoureux. La frustration flamba, diminua, puis s'équilibra. Et, malgré tous ses efforts de concentration, ses pensées s'embrouillèrent.

Lorsqu'elle entendit un ronronnement, Claire se mit à chantonner distraitement. Quelque chose de doux sous ses doigts, une brassée de draps de lit duveteux et propres dans ses bras… Quand elle réalisa qu'elle avait commencé à aménager son nid sans s'en rendre compte, elle lâcha le tout pour résister à la tentation et recula en chancelant, comme si elle s'était brûlée.

— Tu t'en sors bien, ma petite, gloussa Shepherd. Mais tu ne pourras pas résister beaucoup plus longtemps.

Sa tête pivota lentement vers l'intrus. Voyant Shepherd nu, Claire sentit le cheminement de sa pensée s'arrêter net. Son attention fut attirée par la splendeur de sa queue en érection.

Ses yeux verts commencèrent à se dilater.

L'Oméga avait remarquablement bien résisté. Elle l'avait ignoré avec une détermination digne d'admiration. Mais il ne perdrait plus de temps. S'il en croyait son comportement, sa réaction à l'injection était plus forte que prévu. Ses sautes d'humeur et son agressivité ouverte étaient presque mignonnes alors qu'elle basculait toujours plus profondément dans l'œstrus. Shepherd l'observa, hypnotisé, chanter à voix basse une histoire de champs d'orangers.

— Viens à moi, l'appela-t-il doucement. Arrêtons cette comédie. Laisse ton partenaire s'occuper de toi.

Elle cracha et le toisa du regard, comme si elle était la classe supérieure.

— Quoi, pour que je m'agenouille à tes pieds, Alpha ? *Non !*

Lorsque la bête se redressa et la contempla comme on regarde une proie, l'Oméga furieuse campa sur ses positions et montra les dents.

Il s'approcha, et elle retint sa respiration, déterminée à lui montrer qu'elle était capable de résister à son odeur et à sa présence. Claire pouvait l'emporter.

Shepherd se mit à genoux, ronronna merveilleusement et caressa ses hanches. Son nez s'approcha de son entrejambe, la chaleur de son haleine envoûtante.

— Est-ce là ce que tu désires ? Que je m'agenouille devant toi ?

Sa proximité exacerba les composés chimiques qu'elle avait si magistralement refoulés. Claire geignit en le voyant, en sachant qu'il s'était approché et s'était agenouillé pour obtenir ce qu'il désirait. Crispée et mal à l'aise, elle lutta si fort contre le besoin de le toucher que ses muscles tremblèrent.

— Tes yeux sont si beaux comme ça, ma petite, chantonna Shepherd, émerveillé de voir les iris verts graduellement grignotés par le noir qui envahissait ses pupilles.

Il ne la retenait pas. Elle aurait pu s'éloigner. Un pas, puis un autre – facile. Au lieu de quoi, elle grimaça en sentant la première crampe aiguë et l'écoulement de mouille. Il la renifla aussitôt, et ses yeux argentés se dilatèrent. Shepherd se redressa d'un mouvement fluide et gracieux, se frotta contre elle et fit passer sa robe par-dessus sa tête dans un bruissement de tissu.

Un grondement revendicateur jaillit de la poitrine de l'Alpha, et le mâle prit plaisir à voir le corps de sa partenaire se plier en deux en entendant son appel. Pendant des heures, il avait réprimé son besoin de marivauder et de se pavaner afin qu'elle puisse remporter sa victoire éphémère. Il s'était mis à l'épreuve au lieu d'entrer en rut et de la forcer à s'accoupler. Maintenant que ses sécrétions s'écoulaient librement de sa chatte, chaque fibre de son être dominant ressentait le besoin de la baiser.

Shepherd enroula une main autour de la nuque de Claire et la força à se baisser. Il empoigna son membre viril et frotta son gland contre ses lèvres, étalant le fluide capiteux sécrété pour encourager sa frénésie. Elle se raidit, haleta, et le bout de sa langue le lécha contre son gré.

Elle s'agenouilla en déglutissant.

— N'est-ce pas meilleur quand tu ne luttes pas contre tes instincts ? demanda-t-il en lissant ses cheveux noirs en arrière pour exposer ses joues creusées, impatient de la voir sucer sa queue.

L'espace d'un instant, Claire parvint à se ressaisir. À genoux, humiliée devant lui, elle fit glisser la queue de Shepherd hors de sa bouche et le regarda comme si elle allait fondre en larmes.

— Ce que tu as fait est mal.

— Je t'offre la vie, dit-il en enfonçant ses doigts dans son cuir chevelu.

Incapable d'empêcher ses narines de renifler la chaleur de son aine, elle pantela :

— J'avais déjà une vie. Tu l'as détruite.

Claire sentit sa rage, son désir et sa véhémence se combiner en un besoin abject. Elle griffa le corps du mâle pour se redresser et gronda. Ses yeux étaient dilatés, écarquillés et brûlants. Le son avait à peine eu le temps de quitter sa gorge que Shepherd s'était retourné et l'avait poussée sur le matelas.

Le dos cambré, à peine capable d'accueillir la montagne qui ramonait sa chatte avide avec sa queue palpitante, Claire succomba à ses chaleurs. Le fil tinta d'une note harmonieuse, et ses entrailles se réjouirent d'accueillir la première salve de semence promise par son conjoint. Shepherd passa les jambes de Claire par-dessus ses bras et la laissa le griffer et se cramponner à lui pendant qu'il l'attaquait, la pilonnait vite et profondément. Il contempla ses pupilles dilatées pendant que sa petite hurlait.

Il avait pris son pied pendant les premières chaleurs de l'Oméga, mais ce second cycle se révélait bien plus gratifiant. Shepherd planait autant qu'elle sous l'effet de ses phéromones et nouait en elle en rugissant chaque fois que sa chatte se contractait et pompait les sécrétions de sa queue. Les mots échangés étaient à peine mémorisés, les cris d'extase, la violence sauvage… Claire était bien plus forte qu'avant – rien comparé à lui, évidemment, mais elle n'hésitait pas à l'attaquer s'il ne la satisfaisait pas. Et Shepherd adorait ça : devoir l'immobiliser, couper court à sa férocité et dominer sa proie.

Claire dormit par à-coups, toujours allongée sur son torse malgré tous ses efforts pour la lover contre son flanc. La première fois qu'elle se réveilla, elle baissa les yeux vers l'amas de couvertures et sut que tout était de travers. Elle repoussa la montagne de chaleur qui l'encombrait, gronda jusqu'à ce qu'il se relève et tira les couvertures douillettes de sous l'Alpha.

Pendant qu'elle réagençait le nid, la chaleur d'un corps proche s'attardait toujours à ses côtés. Shepherd la renifla souvent et passa les doigts dans les jus qui s'écoulaient lentement le long de ses cuisses, ne s'interrompant que pour tendre à l'Oméga un oreiller ou quoi qu'elle demande. Lorsqu'elle eut terminé, Claire poussa l'Alpha dans le nid qu'elle venait de reconstruire et prit ce qu'elle désirait – chose qu'elle n'avait encore jamais faite. Elle chevaucha sa queue à son rythme et, se délectant de la manière dont il soulageait cette horrible démangeaison interne, elle jouit avec intensité. Elle adora l'expression de Shepherd lorsqu'il la vit sourire.

L'Oméga rampa sur lui, ses yeux noirs complètement absorbés par son corps sculpté. Le regard lascif de la femelle le fit bander pendant des jours entiers. Lorsqu'elle devint plus docile, et que ses chaleurs artificielles extrêmes se calmèrent, elle resta allongée assez longtemps pour qu'il imprègne sa peau avec la mare de foutre qui s'était écoulée de son entrejambe, pour qu'il la lui fasse lécher tout en ronronnant et en la câlinant.

Lorsque les chaleurs de Claire furent près de se terminer, Shepherd continua de la prendre tendrement. De ses yeux argentés, il observa chaque tic, la vit sourire doucement et pousser un gémissement de plaisir à chaque coup de reins. Il posa alors ses lèvres sur les siennes.

Mais, même sous la coupe de ses chaleurs, elle refusait toujours de l'embrasser.

Shepherd trouvait cela très contrariant.

Elle si petite, conquise, épuisée, distraite par l'orgasme… il aurait dû être facile de lui voler un baiser. Mais il avait besoin qu'elle jouisse pour pouvoir nouer en elle. Il avait besoin qu'elle pousse un cri – car, lorsqu'elle le pousserait, lorsqu'il l'aurait piégée si complètement qu'elle ne pourrait plus lui résister, il prendrait de force ce qui lui était dû.

Impatient de recevoir sa récompense, il rua des hanches et la serra bien trop fort. La bouche collée contre son oreille, Shepherd rugit :

— JOUIS !

Son ton et son ordre absolu firent convulser Claire. Ses yeux roulèrent dans leurs orbites, et l'orgasme déferla en elle trop vite et trop fort. Le nœud de Shepherd grossit, immense derrière son pubis. La bête grogna avec férocité à chaque jet de sperme brûlant. Claire venait d'ouvrir grand la bouche pour pousser un cri silencieux, et il en profita. Il immobilisa ses mains, craignant que la femelle ne panique. Puis ses lèvres brutales s'écrasèrent sur les siennes.

Elle essaya de tourner la tête, et son corps se trémoussa. Malgré tous les efforts qu'il déploya pour taquiner sa langue et titiller ses lèvres, Claire refusa de collaborer.

Shepherd cracha une nouvelle salve de semence dans son Oméga et leva la tête. Il vit alors que ses yeux étaient mi-clos, perdus dans le vague.

— Embrasse-moi, ma petite, exigea-t-il en grondant de frustration.

Il approcha ses lèvres des siennes. Lorsque Claire serra les dents, il attrapa ses mâchoires et ramena son visage vers le sien.

— Regarde-moi.

Ce fut son ton affligé qui brisa la transe de son orgasme. Dans son désespoir, Shepherd paraissait presque humain. Abasourdie, elle tourna les yeux vers la source de ces paroles. Une cicatrice irrégulière barrait en diagonale sa belle bouche. Elle vit sa mâchoire puissante. Elle le dévisagea comme si c'était la première fois, étudia l'Alpha qui l'avait prise, l'avait droguée pour la forcer à concevoir – et dont le ronronnement lui apportait presque autant de paix que voir le ciel.

— Regarde l'homme que tu prétends détester, siffla-t-il en grinçant des dents. Et embrasse-moi, ma petite.

Claire continua à le dévisager. Elle leva une main et traça les traits du visage de son partenaire – le chaume sur ses mâchoires, le nez fin et les lèvres agressives avec leur cicatrice caractéristique. Elle se mit à murmurer. L'immense bête commença à trembler, et ses yeux se voilèrent comme s'il éprouvait à cet instant une douleur physique.

Elle ne lui donna pas ses lèvres, mais attira son visage vers son sein, lui offrant à la place un téton fourmillant. Il le suça avidement.

***

Lovée contre lui, son Oméga dormit bien plus profondément que lorsqu'il avait brisé son précédent cycle de chaleurs. Shepherd ronronnait en faisant doucement courir ses doigts dans la masse de cheveux sombres, tout aussi possessif qu'au début. Des pensées obsédantes circulaient dans sa tête, centrées sur la femelle sous sa protection, sur comment la garder, comment aller de l'avant. Elle était sienne. Il ne la partagerait jamais. Elle resterait dans cette pièce, et il la caresserait et ronronnerait autant qu'il le fallait pendant que l'enfant qu'il avait planté en elle grandirait.

Qu'était le ciel comparé à ceci ? Rien. Le ciel n'était rien.

Sa petite remua, et ses cils noirs papillonnèrent quand elle ouvrit les yeux. Quand elle vit son visage et sentit son haleine familière, Claire frémit tristement et posa une main sur son ventre.

— Je suis enceinte.

— Oui, ma petite. Ton odeur est déjà en train de changer.

161

Il ignora son regard lorsqu'il vit qu'il ne reflétait pas sa joie et caressa sa joue.

— Tu m'offriras un bel enfant.

Quelque chose dans ses paroles la mit extrêmement mal à l'aise. Le brouillard du désir n'était plus. Le temps des mots tendres et des déclarations trompeuses était révolu. Automatiquement, il ronronna plus fort et recommença à tirailler ses cheveux. Claire l'observa d'un air méfiant en essayant de filtrer ses souvenirs des derniers jours. Elle se rappelait qu'il s'était montré patient malgré son refus initial et son agressivité induite par les médicaments. Shepherd aurait pu l'humilier mais, pendant des heures, il s'était contenté de l'observer, jusqu'à ce qu'elle commence à mouiller, que le rut devienne inévitable. Pas que cela absolve son péché, à cet enfoiré manipulateur. Elle aurait presque préféré qu'il l'ait violée.

Il avait obtenu ce qu'il voulait sans son consentement ni son approbation, et avait été récompensé par une partenaire bien disposée et en chaleur.

— Vas-tu enfermer notre enfant dans cette pièce aussi ? demanda-t-elle, nerveuse car, quelle que soit sa réponse, cela ne lui suffirait pas.

— Non, répondit-il en ronronnant de plus belle.

Claire tendit la main vers lui. Elle soutint son regard en tirant la paume calleuse vers son corps gluant, pour la poser là où il avait planté une vie en elle. Il lui fut presque impossible de se résoudre à murmurer :

— Vas-tu me séparer de…

— Tu n'as pas à t'inquiéter de ces choses, la coupa-t-il.

La main se referma sur son ventre, où des cellules en division rapide étaient en train de combiner leurs génomes.

— Ce n'est pas une réponse, s'indigna-t-elle en se redressant sur un coude. Je n'étais pas prête à avoir un enfant – certainement pas avec un homme que je connais à peine –, mais tu as fait ceci, et j'aimerais savoir ce que tu comptes faire de nous.

— Je vois déjà apparaître la mère Oméga protectrice. Et cela me satisfait.

Elle vit une lueur étrange dans son regard, comme si cet enfoiré lui souriait, bien que ses lèvres balafrées soient neutres.

— Je ne te séparerai pas de ton enfant, ronronna-t-il en la repoussant dans leur nid.

Mais un autre que lui s'en chargerait-il ? L'homme était un expert pour débiter des semi-vérités.

— Shepherd, gronda-t-elle comme une menace.

— Oui, ma petite ? lança-t-il avec un sourire dans la voix, ainsi qu'un soupçon de quelque chose de plus sinistre.

— Ne me donne pas de raisons de te haïr davantage.

L'air charmé par sa mise en garde, il glissa ses doigts dans une longue mèche de cheveux noirs.

— Cessons de parler de haine. Tu es ma partenaire, liée à moi, et tu te dévoueras à moi.

— Tu ne peux pas me forcer ! se récria-t-elle, la mâchoire décrochée et les sourcils haussés.

— Je le peux, lui assura-t-il en posant le gras de son pouce sur l'arc de ses lèvres.

Comme s'il était d'accord avec l'homme, le fil commença à cogner bruyamment dans sa poitrine. Il n'y aurait plus de discussion, et elle était trop épuisée pour protester. Sa main au poids familier se déplaça de son ventre à son entrejambe. Sans se soucier que Claire ait détourné le visage, il commença à caresser le petit bourgeon nerveux, le taquinant pour le faire palpiter.

Shepherd gronda et ronronna en jouant avec sa chatte.

— Soumets-toi. Je serai doux, et tu jouiras. Quand tu seras calmée, tu pourras retourner dormir.

***

La pièce était plus froide que la cellule dans laquelle Nona avait été enfermée ces six derniers jours. Un garde, un bourrin qui faisait quatre fois sa taille, indiqua la chaise vide en face du Bêta qu'elle avait vu dans leur cachette. C'était le chef des hommes qui avaient traîné Lilian et ses amies hors de leur cellule quelques jours plus tôt.

— Je m'appelle Jules. Prenez place, Nona French.

Il avait un accent atypique et les yeux bleu vif d'une brute. Elle connaissait son type. Nona tira la chaise.

— Vos papiers indiquent que vous êtes une Bêta et, si l'on en croit ce document à l'évidence frauduleux, vous n'avez jamais été appariée et n'avez jamais conçu d'enfant, lança l'homme en levant les yeux du dossier posé devant lui pour croiser le regard de la vieille femme. Êtes-vous celle qui a appris à mademoiselle O'Donnell à se faire passer pour une Bêta ?

La femme avait ses propres questions et n'en avait que faire du baratin du disciple.

— Où est Claire ?

Un mince sourire apparut sur le visage du Bêta. Il posa les mains sur la table et prit son temps pour agencer son corps dans une position subtile d'intimidation.

— Elle est à sa place. Avec son conjoint.

— L'Alpha ? Shepherd ?

Elle l'avait dit comme une question, même s'ils savaient tous les deux que c'était une déclaration de dégoût. Elle avait vu la brute l'emporter. Nona s'était même foulé le poignet en essayant de se libérer pour la sauver. Ses lèvres ridées tombèrent, et la vieille femme joignit les mains pour imiter sa pose – une posture étrangement hostile pour un Oméga.

— Il l'a enfermée dans une pièce pendant cinq semaines. Ce n'est pas un conjoint !

Le regard froid et impassible du Bêta soutint le sien.

— L'isolement est une pratique normale pour habituer un Oméga à sa nouvelle vie, clarifia Jules.

Elle lui rit au nez.

— Je ne devrais pas être surprise par votre incivilité, étant donné ce que vous êtes. Pas étonnant qu'elle ait eu honte d'avouer qui l'avait revendiquée. La bat-il aussi ?

— Quand vous l'avez vue, vous a-t-elle paru battue ? rétorqua l'homme avec un regard méchant en se penchant vers elle.

— Elle semblait terrifiée et malade, répondit Nona calmement.

— Depuis combien de temps connaissez-vous mademoiselle O'Donnell ?

La femme au visage sévère ne répondit pas.

— Il est dans votre intérêt de répondre à mes questions, madame French, dit Jules, cessant de jouer.

— Sinon quoi ? Vous m'enfermerez en prison pour que je puisse être offerte lors de mes prochaines chaleurs ?

— À votre âge, les chaleurs sont peu probables. Non, je vous ferai tuer, tout simplement.

Nona sourit en tambourinant sur la table avec ses doigts.

— Je suis vieille. Et j'ai vécu selon mes propres conditions. La menace de la mort ne me fait pas peur.

— Et celle de la torture ?

— Il n'y a qu'une manière de le découvrir.

Jules sourit et se renversa contre le dossier de sa chaise.

— Je n'ai pas parlé de *vous* torturer. Deux des Omégas entre nos mains sont trop jeunes pour nous servir. Ce sont elles que je compte torturer si vous ne me dites pas ce que je veux savoir.

L'angoisse de Nona monta d'un cran. Lèvres pincées, elle hocha la tête.

— Depuis combien de temps connaissez-vous mademoiselle O'Donnell ? recommença Jules en consultant son dossier.

— On nous a présentées deux ans avant la mort de sa mère, répondit-elle vaguement.

— Et vous lui avez servi de mère de remplacement ?

— D'amie, grogna Nona. Claire est indépendante et n'avait pas besoin d'être couvée.

Jules releva les yeux vers elle.

— Donc elle ne sait pas que, à la mort de son père, vous avez financé la dotation qui lui a permis de vivre de son art au lieu de vivre de tâches subalternes.

— Effectivement, répondit Nona, lèvres pincées. Pour autant que je sache, seule la banque avait accès à ce genre d'information.

Soudain, la teneur de la conversation changea. L'air devint lourd, et Jules parla sans sourire, d'une voix monocorde.

— Il semblerait que vous soyez personnellement attachée à cette fille. Du coup, je me demande pourquoi vous l'avez envoyée à la Citadelle.

Une ride profonde se creusa entre les sourcils de Nona.

— Nous nous sommes toutes les deux portées volontaires, mais c'était moi qui étais censée entrer dans la Citadelle.

— Expliquez-vous.

— Elle a volé les vêtements que j'avais préparés pendant que je prenais mon bain. Le temps que je comprenne ce qui s'était passé, elle avait disparu. Claire est très protectrice de ceux qu'elle aime.

— Et personne n'a essayé de l'arrêter ?

— Le groupe était d'accord avec son raisonnement, dit la femme en détournant le regard, visiblement déçue. Et bon nombre ont simplement pensé

167

qu'elle serait une représentante plus attrayante. Le vote était serré.

— N'est-ce pas ironique ? demanda l'homme d'un ton d'ennui en la regardant dans les yeux. Qui était son contact avec le sénateur Kantor ?

— Puisque vous avez déjà interrogé toutes les femmes qui l'ont vue ce soir-là, je suis certaine que vous savez déjà qu'elle ne l'a jamais mentionné durant notre brève conversation. Bon. Je veux voir Claire, maintenant, exigea la vieille femme en posant les coudes sur la table.

— Non, répondit sèchement le Bêta.

L'interrogatoire continua avec une liste de questions variées sur les antécédents de Claire, ses goûts – certaines si précises, comme quel était son fruit préféré, que Nona ne connaissait même pas la réponse. Leur échange lui parut étrange, et elle se demanda pourquoi Shepherd ne posait pas lui-même ces questions à Claire.

***

Sa liberté éphémère ne lui avait apporté qu'épuisement, et Shepherd l'avait laissé se reposer à son retour. Entre ses huit jours d'insomnie et l'état de vigilance chimique induit par ses chaleurs, Claire se sentait complètement vidée. Elle ne parvenait jamais à dormir assez longtemps. Sa fébrilité antérieure avait été remplacée par une léthargie obsédante et une réticence à sortir de son nid. Lorsqu'elle se réveillait, elle était toujours emmitouflée dans son terrier. Une ou deux fois, elle gronda sur le mâle qui voulait la faire sortir de son couvert pour qu'elle mange ou pour changer son bandage.

Tout ce qu'elle désirait, c'était qu'on la laisse tranquille dans le noir. Mais Shepherd apparaissait quoi

168

qu'il arrive, qu'importe qu'elle déteste sa vue, et l'attirait vers lui pour l'allonger sur son torse. Trop épuisée pour se plaindre, elle acceptait mollement, sachant qu'il les couvrirait tous les deux et reproduirait son nid. Lorsque l'obscurité totale l'entourait de nouveau, elle faisait semblant que l'enfoiré n'était pas là... du moins, elle essayait. Shepherd ne l'autorisait à se reposer que brièvement avant de recommencer à promener ses mains sur son corps en permanence endolori, pétrir ses seins de plus en plus sensibles et titiller son entrejambe.

Claire n'avait aucune envie de recevoir ses attentions et détestait que son odeur lui fasse autant effet. Elle en raffolait tellement qu'elle ressentait le besoin de se pelotonner de son côté du lit quand il s'absentait. Comme s'il savait ce qui l'obligeait à constamment le renifler, la chemise de la veille commença à apparaître dans leur nid. Quand elle se réveillait, le vêtement froissé contre son nez, Claire le jetait du lit en le maudissant.

Shepherd le remettait en place à son retour.

C'était presque un jeu. Ce matin-là, Shepherd éleva les enjeux. Claire balança une chemise hors du nid et se réveilla pour en trouver deux à la place. Elle gloussa en comprenant ce qu'il avait fait. L'observateur silencieux dans son coin tendit l'oreille à ce son. Il n'avait encore jamais entendu l'éclat de sa joie. Sans se rendre compte qu'elle avait un public, Claire lança ses affaires par terre et se pelotonna dans son nid en riant.

Une main s'abattit sur son derrière, et elle poussa un cri de surprise. Claire se tortilla, rabattit les couvertures et se rassit, cheveux en bataille, pour le voir debout au-dessus du lit. D'un geste théâtral, il lâcha les vêtements sur ses genoux.

Quand Shepherd la vit s'empourprer, ce fut à son tour de pouffer. Il rampa sur elle pour renifler la femme débraillée.

— Tu penses que rejeter l'odeur de ton conjoint hors de ce nid est amusant ?

Cela faisait des jours qu'elle ne lui avait pas parlé – pas même pour demander l'heure. Trop lasse et déroutée, encore fâchée, elle fronça les sourcils. Elle ne comprenait ni ce que cachait son ton ni ses intentions.

— Ta protestation est-elle une manière silencieuse de communiquer ta préférence pour le vrai moi ?

C'était presque comme s'il flirtait avec elle.

— Non, coassa Claire en arquant un sourcil.

Shepherd empoigna les couvertures et les rabattit sur leurs têtes, puis l'attira contre lui tout en reconstruisant le nid. Claire se recoucha et lui en voulut quand il ne s'allongea pas à côté d'elle, mais resta à genoux entre ses cuisses. Claire sentit sa main bouger entre eux. Son poing allait et venait, et il lui fallut une minute pour comprendre qu'il était en train de se branler. Après avoir poussé quelques grognements sourds et un grondement d'avertissement lorsqu'elle essaya de reculer, Shepherd pompa sa queue encore plus furieusement avant d'éjaculer dans un long râle. Des jets brûlants atterrirent sur son ventre et ses seins nus, et le fluide forma une flaque avant de s'écouler sur les couvertures. Il parfuma l'espace confiné encore bien plus que ses vêtements usagés.

Comme si elle était toujours en chaleur, il frotta la semence sur sa peau, l'approcha de ses lèvres résistantes et s'assura d'étaler son sperme partout. Son geste, le fait qu'il l'avait fait pour son propre plaisir et pas pour le sien, lui donna le sentiment d'être négligée. Il l'abandonna dès qu'il eut terminé de l'imprégner, et Claire fronça les sourcils quand il lui tourna le dos. Jetant un coup d'œil hors de son nid, elle eut vite envie d'échanger l'obscurité des couvertures pour la pénombre souterraine de sa cage.

Ses pieds nus s'approchèrent en silence de l'armoire. Ses yeux verts jetèrent un regard à la dérobée vers l'Alpha qui travaillait sur son écran COM. Claire s'habilla sans même réaliser qu'elle avait perdu l'envie de laver son corps de tout ce sperme, puis recommença à faire ce qu'elle faisait généralement pendant ses heures d'éveil sous terre : arpenter la pièce. Ses articulations étaient raides après des jours passés à dormir, et sa marche ne parvint pas à soulager son humeur sombre.

Shepherd sembla content de l'ignorer. Elle essayait elle aussi de l'ignorer mais, l'heure progressant, elle commença inconsciemment à s'approcher de plus en plus.

Claire jeta un regard à son écran COM et vit qu'il était bizarre et illisible. Elle soupira d'ennui, fit la moue et jappa lorsqu'un bras épais, venu de nulle part, fondit sur elle et l'attrapa. Quand elle fut bien installée sur ses genoux, Shepherd recommença ce qu'il était en train de faire, la piégeant entre ses membres exagérément musclés.

Elle avait été si discrète, et lui avait semblé si concentré. Il n'avait pas été dans son intention d'inviter cette interaction. Elle se tortilla contre son torse.

— J'ai faim.

— Tu n'as pas faim, répondit-il. Tu es agitée et tu désires de l'attention.

Ce qu'elle était, c'était irritée.

— Pourquoi ne ronronnes-tu pas ?

Le salaud aurait pu faire au moins ça. Pour l'amour du ciel, c'était la seule chose pour laquelle il était doué !

Claire n'aurait pas pu le prouver, mais elle était presque certaine qu'il se moquait d'elle malgré son silence.

— Si j'avais ronronné, tu ne te serais pas approchée.

Elle plissa les yeux en frottant son épaule endolorie.

— Tes sautes d'humeur sont passablement amusantes, ma petite, continua-t-il en souriant.

— Qu'est-ce que ça dit ? demanda-t-elle en faisant un geste vers l'écran.

Elle n'avait aucune envie qu'il l'appâte, mais était bien tentée de l'agacer.

Il reposa son attention sur son travail.

— Si tu étais censée pouvoir le lire, ce serait écrit dans ta langue.

Claire se contenta de lever les yeux au ciel. Elle retiendrait la leçon et prendrait soin de garder ses distances pour éviter cette situation à l'avenir.

— Non, tu ne feras pas ça.

Lorsqu'il répondit à ses pensées intimes, qui ne le concernaient pas, elle craqua.

— Arrête de faire ça !

Shepherd l'ignora, et son doigt retourna vers l'écran, sur lequel il tapa jusqu'à ce que clignote quelque chose de coloré et de joli. Sans réfléchir, elle se pencha en avant pour le toucher. Il commença à ronronner, et elle à sourire en regardant une photo de sa famille.

— Ton père était un Alpha, dit-il en voyant que c'était lui qui avait attiré son attention sur la photo, que c'était son visage que ses doigts traçaient. Ta mère était une Oméga.

Tu parles d'une évidence...

Claire faisait de son mieux pour ignorer l'homme et se concentrer sur quelque chose de précieux : le coin de ciel bleu en fond de la photo, alors qu'ils se tenaient ensemble dans l'orangeraie.

— Ma mère n'aimait pas mon père, lança-t-elle pour exposer les similitudes de leur situation.

— Et pour t'éviter son destin, tu t'es isolée et tu es devenue quelque chose de contre nature, riposta Shepherd à brûle-pourpoint, la moquant.

Elle pivota la tête pour faire face à l'homme qui ne pourrait jamais comprendre.

— Il n'y a pas de mal à être chaste et à exercer de la retenue ! Tu me penses peut-être inférieure, mais ta perception limitée des Omégas est pathétique et restrictive. Ça montre vraiment le genre d'esprit qui se cache derrière ton charisme et tes arrière-pensées. J'ai vécu comme ça pendant des *années* ! Des années, Shepherd. Et tu as tout gâché.

Voyant les flammes attiser son regard, Claire réalisa ce qu'elle avait fait. Elle devint nerveuse et craignit qu'il ne réagisse à sa crise d'humeur. Instinctivement, elle couvrit son ventre pour protéger ce qu'il abritait à l'intérieur.

— Et quel était le plan génial que tu avais prévu pour ton avenir ? siffla-t-il d'un ton qu'il voulait neutre. Comment allais-tu trouver un conjoint alors que tu vivais dans l'isolement et te comportais comme une Bêta ?

— J'ai été courtisée... parfois, se défendit-elle en grommelant.

La crispation de Shepherd trahit son déplaisir.

— Par des Bêtas ?

— Les Bêtas respectent mes limites. Les Alphas sont dangereux et prennent sans demander.

— Et tu leur as menti au sujet de ta classe.

En se renfrognant, Claire précisa :

— Je n'en ai jamais parlé, c'est tout. Être une Oméga ne devrait pas être le facteur qui me définit, pas plus que la couleur de ma peau ou la sphère dans laquelle j'ai grandi.

— Le suicide de ta mère a eu un impact profond sur ta pensée.

Claire secoua la tête et poussa un soupir cynique, pas du tout étonnée qu'il ait recherché son histoire familiale.

— Je trouve toujours amusant de voir à quel point les Alphas veulent relier mon comportement subversif à la mort de ma mère. Je ne suis pas la seule Oméga à ressentir ça – nous sommes nombreuses dans ce cas. Et si vous autres Alphas aviez un soupçon de bon sens, vous prendriez le temps de nous parler au lieu de nous écarter les cuisses pour votre propre amusement.

— Ton père était-il cruel avec ta mère ?

Claire reposa les yeux sur l'écran.

— Il l'adorait, mais ça n'y changeait rien. Elle en aimait un autre.

Cela le fit taire d'un coup. Il commença à rassembler ses cheveux dans son poing et à tirer sa tête en arrière pour la forcer à lui donner son attention.

— Tu n'aimeras nul autre que moi.

Ses émotions lui donnèrent envie de cracher la vérité, de hurler qu'elle ne l'aimait pas du tout. Mais elle sentit l'agression, la domination et la colère qui émanaient de lui, et sut que parler serait dangereux. Leur conversation avait atteint son terme, et il le lui fit bien comprendre un instant plus tard quand il glissa une main sous sa jupe en grondant.

Chapitre 10

L'hypothèse de Corday s'était révélée exacte. C'était la trahison des êtres les plus proches de Claire qui avait permis à Shepherd d'enlever son amie. Caché dans la mer de gens rassemblés au pied de la Citadelle, il vit trois femmes émaciées se faire pousser en avant pour être haranguées et sifflées par la foule. Les Omégas avaient été accusées de vol et de voie de fait, et c'était Shepherd lui-même qui avait prononcé leur sentence tandis que les trois femelles terrifiées étaient traînées, puis redressées afin que chacune puisse avoir la corde passée autour de son cou décharné.

La chaîne Dôme annonçait les exécutions depuis des jours, aussi des dizaines de milliers de spectateurs étaient venus voir la condamnation.

Le Dôme Thólos avait autrefois été l'apogée de la culture humaine, entretenue et glorifiée malgré les ruines qu'elle avait laissées loin, loin derrière elle – le plus éminent des dômes. La peine capitale n'avait pas existé avant l'assaut. Les pires criminels étaient envoyés dans la Crypte, et les femmes condamnées aux travaux forcés dans les niveaux agricoles. Désormais, la ville assoiffée de sang se vautrait dans ces cérémonies morbides à grand spectacle, comme pour encourager son conquérant.

C'était un spectacle grandiose, un avertissement visuel rappelant au peuple qui était aux commandes. Une imposture.

Shepherd postula avec éloquence, captiva la foule et énuméra les péchés des trois Omégas. Il les traita de lâches et de provocatrices avant de débiter une liste de crimes si ridicules que Corday trouva les cris de la foule présomptueux. Comment pouvaient-ils ne pas voir ce qui se passait sous leurs yeux ? Ne comprenaient-ils pas que ces femmes squelettiques étaient terrifiées et implorantes… Qu'elles avaient été bâillonnées pour faire taire leurs cris ?

Shepherd s'approcha de la poterne de la Citadelle, transformée en échafaud macabre. Imposant, terrible, il exhibait à la lumière les marques Da'rin sur ses bras comme si la douleur qu'elles lui causaient n'était rien. Les Omégas condamnées sanglotaient pitoyablement et balayaient la foule des yeux en quête de délivrance, de clémence… n'importe quoi.

— Lilian Hale, Xochitl Ramos, Barb Guppy, vous êtes déclarées coupables et condamnées à la mort par pendaison.

Shepherd lui-même, le monstre qui avait Claire en sa possession, faucha le support sous les pieds de chaque femme terrifiée. Elles tombèrent – une courte chute, leurs orteils tressautant à quelques centimètres du sol. Durant toute l'exécution, Shepherd les regarda se débattre et s'agiter dans tous les sens, en transe. Quinze minutes agonisantes passèrent avant que la dernière femme ne cesse de gigoter.

La rage de la foule perdit de son tranchant lorsque les visages des femmes prirent de grotesques tons de mauve et que leurs yeux s'exorbitèrent. Deux d'entre elles s'étaient fait pipi dessus. Enfin, il sembla que Thólos reconnaissait et commençait à ressentir la crainte que Shepherd avait voulu lui inspirer. Les trois corps furent abandonnés à la brise et exposés aux volatiles. Shepherd tourna les talons et s'éloigna. La foule commença à se disperser.

Les mains enfoncées dans les poches, Corday passa son chemin. Une partie de lui avait espéré que Claire accompagnerait Shepherd, qu'il voudrait l'exhiber aux yeux de tous ; même si, au fond, une telle idée était ridicule.

Cependant, il avait besoin de la voir et de savoir qu'elle allait bien. Et il voulait qu'*elle* le voie, afin qu'elle sache qu'il se battait pour elle.

Il y avait tellement de questions sans réponse, un tel poids sur ses épaules. Lorsqu'il fermait les yeux avant de s'endormir, c'était elle qu'il voyait dans cette tombe, en train de se faire recouvrir de terre. Les yeux verts de Claire qui fixaient le ciel sans ciller, morts, le hantaient.

Shepherd était un psychopathe. Deux semaines étaient passées, et Corday n'était même pas sûr que son amie soit toujours en vie. La tentation de s'approcher, de se faufiler juste assez près pour sentir s'il portait son odeur, poussa ses pieds vers les marches et à l'intérieur de la Citadelle.

C'était une folie, il en était conscient. Il avait complètement perdu l'esprit. Mais, grâce à la cohue, à la fanfare et au tapage de la foule chahuteuse, il entra sans être vu. À l'intérieur, l'odeur était immonde. Entre les mâles crasseux et quelques femelles Alpha plus vicieuses, l'air était imprégné d'un musc agressif, un miasme âcre qui aurait suffi à chasser les plus vulnérables et timides. Corday put imaginer Claire entrer dans un tel endroit et se faire engloutir.

Elle leur avait dit qu'une émeute avait éclaté au début de ses chaleurs, que Shepherd avait tué tout un tas d'hommes pour la revendiquer. Si elle s'était retrouvée au milieu de ce groupe, elle avait eu de la chance de ne pas se faire démembrer.

Shepherd avait combattu la foule pour elle…

C'était la seule chose que Corday ne parvenait pas à appréhender. Shepherd était un tueur, du genre à savourer un bon bain de sang. Il venait juste de pendre trois femmes. Alors pourquoi se battre pour Claire ? Et pourquoi la marquer ?

Corday fendit la foule en imitant le comportement de sauvage de la foule déchaînée et passa inaperçu. Il aurait besoin de se trouver dans un rayon de cinq mètres pour pouvoir sentir l'odeur que Shepherd arborait fièrement. La cyprine de Claire – son trophée – était encore fraîche, comme s'il l'avait prise juste avant de venir exécuter les Omégas. L'intuition de Corday lui souffla que c'étaient celles qui l'avaient dénoncée à la brute.

Tout était bien trop irréel, à double tranchant. Mais Claire était en vie. Corday en fut rassuré. Ainsi, il devait rester fort pour elle – pour toutes les opprimées – et, avec les autres exécuteurs, il trouverait une solution pour mettre fin à cette folie.

Les dents serrées, il sortit de la Citadelle.

***

Shepherd la retrouva dans son terrier, profondément endormie, dans une boule de ses vêtements sales. Son Oméga passait presque tout son temps à dormir, un effet secondaire des débuts de la grossesse. Lorsqu'il la retourna pour la lover contre son corps, il la vit grimacer, inspirer son odeur, puis se réveiller en sursaut.

Pensive, elle commença à le renifler et se renfrogna davantage à chaque inspiration. Il était impossible de rater le mécontentement que son odeur lui inspirait. Encore plus étrange, elle ne lui cacha pas son évaluation et grimpa sur lui pour venir renifler son haleine.

La répulsion envahit son regard.

Shepherd la laissa sortir du lit et se rendre dans la salle de bain, où il put l'entendre ouvrir le robinet de la douche. Son nouveau stratagème, le long silence méprisant, continua. Claire n'allait vraisemblablement pas lui parler. Elle retourna simplement dans la chambre, une main sur le nez, et enjoignit en silence à l'Alpha d'aller se nettoyer.

— Explique-moi ton problème, gronda Shepherd en voyant sa grimace se creuser.

— Tu pues l'Alpha hostile…, lâcha-t-elle d'un ton mordant dès qu'elle eut baissé sa main. Tu as contaminé mon nid.

Il se leva du lit et plissa les yeux en voyant le dégoût sur ses traits.

— Ton ton est importun.

Son hostilité se volatilisa. Claire avait besoin qu'il se lave et refusait de lui donner une raison de la baiser alors qu'il sentait comme les ordures qui avaient failli la violer dans la Citadelle.

Son cœur s'emballa. Une note discordante vibra de son côté du lien.

— S'il te plaît, ne me touche pas tant que tu sentiras comme… eux.

Sa manière de murmurer sa prière et l'étrange frayeur dans ses yeux le firent froncer les sourcils. Shepherd s'éloigna de l'endroit où elle se tenait, implorante, et entra dans la salle de bain.

Elle changea les draps en vitesse, froissa les tissus offensants et les balança à côté de la porte. De nouveaux draps, malencontreusement inodores, prirent leur place.

Claire s'y était déjà pelotonnée lorsqu'il ressortit, fleurant bon le savon et sa propre odeur. Il passa une main sur son corps tout habillé.

— Sors de là.

Elle roula et se redressa pour trouver le monolithe, nu, au bord du lit.

Ses yeux argentés la percèrent et disséquèrent son appréhension.

— Me trouves-tu toujours repoussant ? demanda-t-il, une question autant qu'un piège.

Et, de nombreuses façons, sa réponse était oui.

— Non.

— En es-tu certaine ? la défia-t-il en haussant un sourcil. Je ne voudrais pas contaminer *notre* nid.

Ne souhaitant attirer aucune attention négative de sa part, elle se mit à genoux pour renifler son ventre, espérant que son geste le satisferait suffisamment pour qu'il lui fiche la paix.

— Tu sens comme tu devrais.

C'était un autre de ses petits jeux, un des subterfuges que Shepherd déployait pour l'appâter, une manigance destinée à lui soutirer autre chose que sa colère persistante. Il grimpa sur elle et positionna son corps de manière que leurs peaux soient l'une contre l'autre, puis attrapa les couvertures et les tira par-dessus leurs têtes afin de recréer le terrier doux et sombre qu'elle préférait.

Il sentit le nez blotti contre sa gorge, l'entendit renifler distraitement et sut que son Oméga était apaisée.

181

Elle était même en train de fredonner son étrange mélodie, satisfaite quand il commença à masser les muscles qui flanquaient sa colonne vertébrale. Sous peu, Claire était absolument sereine, ses douces respirations lui indiquant que le sommeil n'était pas loin.

Il poussa un râle rauque avant de demander :

— Qu'as-tu fait pendant mon absence ?

— La même chose que ce que j'essaie de faire maintenant, maugréa-t-elle, à moitié endormie.

— J'ai d'autres plans pour toi.

Il sentit le corps de Claire se tendre. L'Oméga s'attendait à être malmenée. Elle retint sa respiration avant de lancer d'un ton dénué d'émotions et d'une voix étranglée :

— Je suis fatiguée.

— C'est naturel à ce stade pour ton corps d'être léthargique, pendant qu'il s'adapte à sa nouvelle tâche, dit Shepherd d'un ton grave, rassurant, en fléchissant le bras sur sa chute de reins. Le mal-être finira par passer.

C'était une explication tellement prévisible à sa réticence.

Claire posa son menton sur son torse et observa l'homme dans son nid. Il fit glisser sa paume de main le long de son corps jusqu'à ce qu'elle repose contre sa joue. Il observa sa réaction, conscient du fait qu'elle pensait être camouflée par l'obscurité, et vit que son expression n'était plus la grimace méfiante qu'il avait dû supporter depuis son retour. Son expression traduisait l'état de consentement résigné qu'elle refusait de lui montrer quand elle pensait qu'il pouvait la voir.

Shepherd prit son temps pour tracer le contour de ses lèvres, observer ses yeux fermés et trouver un moment de paix sous ses caresses.

— Tu m'en veux toujours d'avoir provoqué tes chaleurs, bien que j'aie bien pris soin de toi pendant et depuis, musa-t-il.

Claire se raidit, et son visage refléta de nouveau sa tristesse.

— J'imagine que tu attends de moi une réponse précise. Je suis trop vidée pour comprendre laquelle.

Depuis le peu de temps qu'ils se connaissaient, ils n'avaient que rarement discuté. Leurs échanges se terminaient généralement dès que Shepherd ne jugeait plus ses réponses acceptables. La frustration de lutter pour être entendue s'était transformée en acceptation désabusée. En l'état actuel des choses, Claire était peu intéressée par autre chose que dormir.

Dans sa petite tente de couvertures sombres, elle se tourna vers le son de sa respiration et se mordilla la lèvre inférieure. Elle rêva que de tels moments, ceux où il semblait tendre, étaient sa réalité. Elle rêva que la chaleur anonyme et le corps masculin étaient ceux d'un autre.

À travers le ronronnement qu'il projetait presque délicatement dans son corps menu, il demanda :

— Quitter la sécurité de cet endroit mis à part, qu'est-ce qui pourrait atténuer ce *mécontentement* ?

— Une fenêtre.

Il enfonça ses doigts dans son cuir chevelu et la massa juste assez pour l'encourager à fermer ses yeux dépités. Il lui semblait que tout allait tellement mieux quand sa partenaire s'appuyait presque dans sa main.

— Plusieurs étagères de *fenêtres* t'attendent sur le mur d'en face, mais tu les as ostensiblement ignorées.

— Je n'ai pas besoin d'apprendre à devenir un dictateur. Je ne veux pas te ressembler.

— Je suis d'accord, sourit Shepherd. Tu ferais un disciple exécrable, et tu devrais être punie constamment pour ton insubordination.

Il posa la paume de main sur son visage et le leva très légèrement.

— Tu souris, souffla-t-il dans le noir.

Était-ce vrai ? Non, cela ne se pouvait pas.

— Et comment punis-tu tes disciples ?

— Préfèrerais-tu subir un châtiment corporel plutôt qu'être en harmonie physique avec ton destin ? la taquina Shepherd en passant son pouce sur ses lèvres boudeuses.

Il entendit un toussotement étouffé, puis Claire éloigna son visage de sa paume et le blottit contre son torse. Un frémissement secoua son corps menu, et Shepherd sentit ses lèvres se recourber contre sa peau. Puis s'échappa un deuxième éclat de rire étouffé.

— Et à présent, tu ris…, dit-il en ronronnant de plus belle.

— Bien sûr que non, répondit-elle en s'éclaircissant la gorge, faisant de son mieux pour empêcher ses lèvres de bouger.

Il effleura les côtes de Claire du bout des doigts pour la chatouiller. Celle-ci sursauta, se raidit, puis se mordit la lèvre pour ravaler ses accès de rire forcés.

— Shepherd !

— Oui ?

Il continua à taquiner son flanc tandis qu'elle reculait et essayait de lui échapper, mais elle finit par s'emmêler dans toutes les couvertures.

Ils se tordirent sous les draps alors qu'il la chatouillait sans merci. Pendant tout ce temps, Shepherd prit note de chaque écart, de chaque petit tremblement et gloussement. Il semblait animé, rempli d'une énergie nouvelle et inhabituelle. Sa cage thoracique massive se dilatait et se contractait au-dessus des expirations rapides et excitées de Claire.

— Ma petite, tu as retrouvé ta flamme.

Aspirant automatiquement sa lèvre inférieure dans sa bouche, Claire grommela :

— Tu écrases ton bébé.

Shepherd déplaça son poids. Des petites pattes d'oie se creusèrent aux coins de ses yeux lorsqu'il observa la femelle piégée sous son corps.

Le géant posa ses lèvres balafrées sur son cou. Il prit une longue inspiration éraillée pour la renifler.

— Je te préfère ainsi, ma petite.

Il fléchit son corps et glissa ses hanches entre les siennes. Soudain, l'immense tueur était devenu espiègle. Immédiatement mal à l'aise, Claire réalisa que son épuisement l'avait poussée à l'erreur. Elle avait invité son attention, elle avait éveillé son intérêt… et il en semblait très heureux. Il prit sa main et posa sa paume sur ses pectoraux, puis la baissa tout le long de son torse, se cambrant sous cette caresse forcée comme un chat trop gâté.

Claire observa ses doigts tracer leur chemin et se demanda distraitement s'il réalisait, ou se souciait, que c'était sa propre force sur son poignet qui effectuait la caresse. Elle se demanda si le fil qui les liait lui parlait à lui comme il le faisait à elle. Quelle manipulation effectuait-il sur son esprit ?

Les muscles noueux des flancs de Shepherd ondulèrent, et elle contempla la ligne dure de son ventre, tant de muscles et de chaleur. Elle leva les yeux et le vit l'observer froidement, jauger son expression. Le moment devint encore plus déroutant. Elle ne savait que penser du léger sillon entre ses sourcils et de l'expression presque intriguée dans ses yeux de mercure liquide.

Shepherd déplaça son corps et remonta la paume de Claire jusqu'à ce qu'elle repose sur les tatouages de son cou épais – le premier plan de ses marques Da'rin. Il renifla et gronda tout bas avant de relâcher sa pression sur sa main.

— J'ai mal ici.

La bête s'immobilisa et attendit. Sa main recouvrait la sienne sans l'écraser, et son obligeance dissimulait son désir qu'elle le caresse. Sa requête tacite semblait raisonnable, mais elle hésita. Le toucher durant le coït, quand son esprit était ailleurs, était une chose. Mais lui apporter du soulagement simplement parce qu'il le voulait… elle y rechignait.

Lorsqu'il posa la main sur son sein et commença à pétrir le mont de chair, Claire se raidit et se tint prête. Elle avait compris le message. Son érection s'était dressée entre leurs deux corps, et il était déjà prêt, palpitant. C'était simple : soit elle le massait, soit il la baisait.

Il lui donnait le choix.

Elle recula sa main vers les couvertures pour recréer le terrier éventré, puis la reposa rapidement sur sa nuque densément musclée.

La bête relâcha son sein et poussa un long grondement bas lorsqu'il sentit la petite main qui malaxait sa colonne vertébrale.

La sensation de le toucher était si étrange. Considérant la tâche froidement, comme une corvée, Claire laissa sa main reconnaître la présence d'une tension dans sa musculature, où elle put sentir des cicatrices. Plus elle pétrissait les nœuds, plus son ronronnement se faisait profond. Il lui semblait que le géant était en train de s'endormir, que son poids reposait un peu plus sur elle, mais ce n'était pas ce qui distrayait son attention. C'était sa queue encore turgescente et sa manière de palpiter contre sa fente, comme si Shepherd contractait sciemment un muscle de temps à autre pour se frotter contre elle. Deuxièmement, son sein, celui qu'il avait caressé en lui faisant comprendre son offre, était sensible, et le téton pointait au point qu'il lui faisait mal. Claire dut prendre grand soin, alors qu'elle massait la nuque de Shepherd, d'assurer que son sein n'entre pas en contact avec lui et d'ignorer le frisson inapproprié du téton pointu lorsqu'il effleurait sa peau enfiévrée.

C'était exaspérant.

Même aux débuts de la grossesse, son corps semblait réagir à sa proximité encore plus intensément qu'avant. Là où elle avait autrefois ressenti du dégoût, Claire commençait à éprouver des échauffements et des tiraillements. Ce n'était rien de plus qu'une réaction physique, mais elle la ressentait comme une trahison d'elle-même. Elle s'en voulait quand sa répugnance disparaissait et que son esprit essayait d'endiguer le torrent interne et sans fin de reproches.

C'était pour cette raison qu'il l'avait ensemencée, elle en était certaine. La grossesse la poussait à désirer la proximité du père, inspirait presque l'intérêt que Shepherd exigeait d'elle. Un long soupir inquiet franchit ses lèvres.

Le géant remua légèrement. Comme si un seuil avait été franchi, un test terminé, il enfonça sans heurt son gland dans son tunnel glissant. Claire continua à masser sa nuque pour prétendre que l'intrusion n'était pas la bienvenue.

Elle gémit.

Son expression indiquait qu'elle trouvait ses doigts calleux repoussants, mais ses joues rougies la trahirent lorsqu'il reposa lentement sa grande main sur son sein gonflé.

Quelque chose d'étrange sous-tendait cet acte, mais elle n'arrivait pas à déterminer quoi. C'était quelque chose dans la manière dont son pouce faisait des cercles autour de sa chair, dont sa queue s'enfonçait lentement en elle, comme s'il tâtait le terrain. C'était trop prudent, trop lent, comme s'il attendait une quelconque révélation, un moment marquant. Et, comme si un seau d'eau froide lui avait été renversé dessus, Claire réalisa ce qui s'était passé.

Shepherd n'avait pas poussé son grognement.

Il ne montra aucune dérision, ne se moqua ni de sa confusion ni de sa panique. Il se contenta de se déhancher avec volupté, jusqu'à ce que son tunnel trempé soit rempli à ras-bord. Ils expirèrent de concert. Shepherd fit onduler ses hanches et, croisant son regard dans l'obscurité, il vit Claire digérer ce qui l'avait fait trembler. Sa chatte avait émis un écoulement de mouille, et il avait agi instantanément pour combler ce que son esprit n'aurait jamais autorisé.

Elle avait eu envie de lui.

Ses longs doigts chauds quittèrent son sein et tracèrent le contour de ses lèvres et de sa mâchoire. Shepherd vit ses paupières se refermer complètement sur ses yeux verts.

La séduction sembla naturelle, sans rien du calcul mesuré qu'il employait habituellement. Mais l'esprit de Claire était en ébullition, et elle devait agir. Ce fut comme un éclair d'inspiration, sa seule manière de riposter, parce que cette nouvelle domination sur son corps devait bien s'arrêter quelque part. Il soutirait peut-être des petits cris et des murmures à ses lèvres, mais elle avait le pouvoir de penser à un autre. Au début, sa petite bravade mentale fut presque facile. Il lui suffit de penser à la personne que Shepherd détestait, son ennemi juré et inconnu – Corday.

Dans un geste aussi fluide que l'écoulement d'une rivière, Shepherd les fit tourner tous les deux jusqu'à ce que le terrier éclate et qu'il la tienne au-dessus de lui. Il n'y avait plus d'abri sombre où cacher son visage et ses sentiments, car il l'avait exposée… Mais, tant que ses yeux restaient fermés, elle pouvait continuer sa bravade et faire semblant.

— Ma petite, tu vas me regarder quand je te baise, ordonna-t-il en allant et venant en elle.

Le poids de son regard attira son attention, et l'éventail de ses cils s'ouvrit automatiquement. Claire l'observa à travers ses yeux embrumés par la passion. Le vert trouva l'argent. Toutes ses pensées disparurent, et l'image de l'homme qu'elle avait essayé d'imposer dans son esprit s'évanouit comme si elle n'avait jamais existé. Il n'y avait plus que Shepherd.

— Bonne petite.

Il utilisa ses grandes mains pour faire monter et redescendre ses hanches selon un rythme lent, et Claire s'appuya contre son torse massif pour bouger comme l'acte l'imposait. Penchée vers sa paume ouverte, elle suça ses doigts. Shepherd s'inclina pour frapper le point qu'elle lui présentait, lui soutirant des petits cris, puis de doux gémissements. Ses ébats avec l'Alpha avaient toujours été d'une sensualité incroyable, mais tout ce qu'elle percevait en ce moment était ses caresses douces et des éclairs argentés. Quand elle poussa un long soupir, sa chatte se contracta et serra la queue de Shepherd comme un poing, attirant l'Alpha plus profondément et l'encourageant à se vider en elle. Ce qu'il fit en poussant un râle et en tirant ses hanches frétillantes contre son bassin pour pouvoir nouer au plus profond de sa matrice.

Elle sentit le déversement de chaleur dans son bas-ventre et fredonna, comblée. Shepherd l'attira encore plus près, torse contre poitrine, et grogna longuement et fort quand une nouvelle vague de foutre jaillit de sa queue. La chatte de Claire se contractait toujours pour en demander plus.

Ils étaient ancrés l'un à l'autre, et cela durerait un bon moment, apparemment. Sa joue posée sur son torse humide, Claire écouta son cœur. Lors de tels moments, le fil ne lui semblait plus aussi huileux. Il semblait propre et, même quand elle prétendait qu'il n'existait pas, il chantait pour elle.

Une haine de soi douloureuse s'empara de nouveau d'elle.

Lorsqu'il sentit l'esprit de l'Oméga se tendre, Shepherd ne lui offrit aucun ronronnement réconfortant ni aucune caresse pour soulager son angoisse. Il voulait qu'elle reconnaisse la qualité de leur échange. Claire essaya de se libérer pour prendre ses distances, mais l'immense nœud bulbeux accroché derrière son pubis lui rappela que toute résistance était futile. Piégée, elle resta immobile et laissa les vagues punitives lui brûler les veines.

— Ta réaction n'était pas anormale, dit le mâle d'une voix teintée de compassion.

Elle commençait à penser que tout avait été soigneusement planifié, jusqu'à l'inspiration qu'elle prit pour parler.

— Et ta nuque, te fait-elle toujours souffrir ? ironisa-t-elle d'une voix sourde.

— Ton massage a beaucoup aidé.

Quand il la sentit blottir son visage contre lui comme si elle avait honte, il mit un terme à la leçon et commença à ronronner. Ses bras entourèrent la femelle et la bercèrent comme elle en avait besoin, même si elle refusait toujours de le demander.

***

Peu de temps après cet épisode, quelques jours à peine, Claire commença à dormir moins et à angoisser lorsqu'elle se retrouvait seule. Elle ne tirait plus aucune joie de ses heures d'isolement, comme c'était le cas avant qu'elle ait été infectée par son poison. Au contraire, l'isolation la rendait nerveuse. Quand Shepherd n'était pas là, le temps n'avançait pas. Elle se surprenait à attendre impatiemment son retour, qu'importe combien elle voulait le nier. Elle se cachait dans son nid et priait pour que le sommeil avale les heures comme il l'avait fait auparavant.

Honteuse, elle essayait de masquer son soulagement quand Shepherd franchissait la porte et faisait de son mieux pour ne pas le dévisager trop longtemps. Mais cela ne faisait aucune différence. Il le savait depuis la toute première fois, et cela se voyait dans l'intensité de son regard curieux lorsqu'il reniflait l'air dans sa direction. Il réagissait avec un sourire qui plissait la peau aux coins de ses yeux et prenait immédiatement son corps avec une sensualité accomplie et calculée, l'observant obsessivement de ses yeux omniscients. C'était comme s'il savait ce qui s'opposait en elle et le fait qu'elle était en train de perdre. Comme s'il comprenait que Claire avait de plus en plus de mal à le détester et même à se haïr elle-même.

Un jour qu'elle s'effondra et que la honte la transperça de part en part, elle se mit à pleurer comme une enfant perdue. Shepherd joua son jeu, se comporta soi-disant patiemment, et continua ses assauts manipulateurs sur ses convictions. Il la réconforta avec ses ronronnements sans cesser de la prendre, baisa l'Oméga jusqu'à ce qu'elle en oublie ce qui l'avait bouleversée.

L'apogée de sa ruine était l'attaque perpétuelle sur son esprit, qui persistait même dans son sommeil. Les rêves de Claire étaient gorgés de douceur, de chaleur et de l'odeur de son conjoint… Sa voix, la sensation de ses mains rugueuses sur sa peau… Le rêve s'intensifiait chaque nuit et, à sa grande horreur, elle se réveilla un soir, à moitié consciente, en éprouvant le besoin qu'il la remplisse. La troisième ou quatrième fois qu'elle se réveilla dans cet état, elle tendit instinctivement la main vers lui et la passa le long de son corps musclé. Elle se blottit contre lui, pleine d'un désir hébété, et fredonna tout bas dans l'obscurité. Shepherd réagit avec un enthousiasme absolu ; il fit rouler son poids voluptueux au-dessus d'elle et grogna de plaisir lorsqu'il la trouva déjà trempée. Perdue dans cet accouplement onirique, Claire semblait incapable d'arrêter de toucher sa peau. Elle scanda son nom lorsque sa queue remplaça les doigts qui l'avaient explorée, et l'enlaça comme s'il était à elle, qu'il lui était précieux. Lorsqu'un recoin de son esprit se rebella, elle le fit taire, refusant en cet instant de reconnaître son échec, et voulant dans son fantasme être, pour une fois, heureuse. Et, juste comme ça, elle perdit une autre part d'elle-même au bénéfice du monstre.

Alors qu'il ruait en elle et que le fil résonnait de joie, elle comprit combien ce serait facile – divin, grisant – si elle pouvait simplement oublier et se soumettre. Lorsqu'elle l'eut exhorté à aller plus vite, à lui donner plus que ces lents déhanchements apaisants, elle se désintégra sous lui alors qu'il la pilonnait. Le lien palpita aussi intensément que sa chatte lorsque celle-ci gicla son plaisir. Shepherd noua profondément en elle. Les râles qu'il poussa et le voile transcendantal sur ses yeux de fer lui indiquèrent que c'était là l'orgasme le plus satisfaisait qu'il ait jamais connu.

Il l'encensa, la caressa et ronronna pendant des heures après cela. Elle aurait préféré qu'il se taise. Claire ne voulait pas qu'il lui dise combien elle l'avait comblé ou combien il la trouvait belle. Ses paroles ne faisaient que lui rappeler qu'elle était Claire et qu'il était Shepherd, toutes les choses qu'il avait faites et tous ses échecs en si peu de temps.

Lorsqu'elle se réveilla de nouveau, il était en train de travailler à son bureau, son ronronnement rythmique si ordinaire qu'elle ne le remarquait même plus. Il était torse nu, et Claire pouvait voir tous les reliefs de ses muscles, les creux et les monts d'un homme bâti pour détruire. Toute cette force couverte de tatouages, preuves de ses crimes…

Elle enfila une robe, puis s'assit au bord du lit et l'observa.

Shepherd se tourna pour la regarder d'un air approbateur.

Comme elle était tombée bas ! Sa mortification lui coupa le souffle.

— Comment vont les Omégas ?

Le changement chez son ravisseur fut immédiat. Toute trace d'amusement s'envola, remplacé par l'autorité et la domination qu'il maniait d'une main experte.

— Elles vont exactement comme elles le devraient.

— Asservies et emprisonnées ? le défia Claire en se levant pour se forcer à faire les cent pas.

Elle aurait dû arpenter cette pièce depuis des jours… Pourquoi avait-elle arrêté ? Pourquoi n'avait-elle pas posé cette question plus tôt ? Qu'est-ce qui n'allait pas chez elle ?

— Viens ici.

— Non, aboya-t-elle immédiatement.

Elle devait retrouver leur statu quo, se souvenir qu'elle devait détester le père de son enfant, non pas admirer son corps… Elle n'aurait jamais dû se permettre de sentiment agréable envers lui. Elle aurait dû souhaiter sa mort, pas chérir son attention. Elle marcha en se tordant les mains, ignorant ostensiblement le géant qui s'était levé de sa chaise pour la dompter.

Une main épaisse s'abattit sur son épaule, au-dessus de la morsure qu'il lui avait infligée et avait soignée tous les jours. La sensation de compression sur sa peau sensible lui soutira une grimace. Claire pinça les lèvres et refusa de regarder. Une chaleur rayonna du corps du mâle et imprégna le sien. Son odeur entêtante – le parfum dont il usait sur elle – la força à fermer les yeux pour se concentrer et continuer à braver l'homme qui était son ennemi, pas son amant.

— Tu vas arrêter ça tout de suite, dit-il d'une voix forte.

— Hors de question.

— Ma petite…, lança-t-il en baissant d'un ton, comme pour *promettre* quelque chose.

Sa tentative de se dégager de son emprise ne fit qu'attiser sa colère.

C'était une bonne nouvelle, non ? Il avait été trop tendre et avait prétendu qu'il n'était pas la bête qui l'avait emprisonnée et empoisonnée. Elle devait voir le dragon, entendre ses rugissements courroucés, sentir le fil vibrer de manière discordante.

Elle releva l'éventail de ses cils noirs et soutint son regard.

— Je n'arrêterai pas.

— Ta crainte du changement et cette mauvaise conduite sont indignes de toi.

Frustrée, Claire serra les poings et siffla.

Une voix trop raisonnable s'échappa des lèvres qui avaient goûté chaque centimètre carré de sa peau.

— Si tu veux t'accoupler, tu n'es pas obligée de chercher la bagarre pour justifier ton désir. C'est ce que tu es en train de faire, ma petite. Tu t'attends à ce que ma réaction à ton indiscipline soit de te baiser pour te punir – parce que tu refuses de reconnaître que tu es déjà prête et trempée.

Ce n'était pas du tout ce qu'elle était en train de faire ! Ou bien si ? Un masque d'horreur traversa son visage lorsqu'elle réalisa qu'elle pouvait sentir sa mouille, qu'elle était incroyablement excitée… Mais également si fâchée. Elle enfonça sa tête dans ses mains pour dissimuler son visage et pria pour pouvoir exploser.

— Tu ne me comprends pas du tout !

— Alors explique-moi l'intérêt de cette crise, la défia-t-il d'une voix douce, refusant de montrer la colère qu'elle voulait si cruellement encourager. La situation des Omégas ne changera pas. Tu le sais. Je le sais. Discuter de ce sujet est vain et incendiaire... Tu veux me faire réagir, et nous savons tous les deux ce que tu veux que je fasse.

Claire commença à s'arracher les cheveux.

— Si tu ne me le demandes pas, reprit Shepherd, alors je ne te donnerai pas ce que tu veux.

Un sourire sournois, un rictus de haine vicieux, fendit les lèvres de Claire. Elle baissa les mains et soutint son regard indifférent.

— Je vais te dire ce que je veux ! Je veux que les Omégas soient traitées comme des êtres humains, pas comme du bétail. Je veux qu'elles puissent choisir avec qui elles veulent s'accoupler. Je veux qu'elles soient en sécurité et alimentées, non pas traitées comme des jouets sexuels pour tes disciples répugnants !

— Je te conseille de choisir soigneusement les mots qui vont suivre, dit-il avec calme, même si les braises avaient été attisées.

Ses yeux tombèrent sur son torse massif et observèrent l'endroit où leur lien était accroché. Elle repensa à l'aiguille qu'il avait enfoncée dans sa chair. Elle repensa à sa promesse sur le toit.

— Je commence à retrouver mes esprits. Je trouverai un moyen d'être libre.

D'un seul coup, il la secoua violemment.

— *Tu ne sortiras jamais de cette pièce !*

La dissension habituelle était de retour, un tiraillement sec et perçant de leur lien. Claire soupira de soulagement en le sentant et laissa Shepherd la ramener vers le lit. Le géant l'y jeta et la domina de toute sa taille. Mais, au lieu de la toucher, il se contenta de la fusiller du regard, le torse dilaté, comme s'il rêvait de lui arracher la tête. Puis il tourna les talons et sortit, verrouillant bruyamment la porte, comme pour étayer ses propos.

Sa victoire fut éphémère, et elle sentit bientôt une solitude désagréable l'entourer. Il ne revint pas la voir. Enfin, quand le Bêta aux yeux bleus lui apporta son repas, Claire comprit qu'elle avait été promue au cachot.

Elle était enceinte, et son odeur n'exciterait plus ses hommes. Shepherd pouvait à présent l'éviter autant qu'il le désirait et demander à ses sbires de lui apporter à manger… Et elle n'aurait d'autre choix que de subir.

Alors qu'elle avalait son dîner d'agneau et de pommes de terre rôties, elle se mit à pleurer. La présence de Shepherd lui manquait, et elle se détestait pour cette faiblesse.

Chapitre 11

Il dut employer la pensée créative pour découvrir l'adresse du domicile de Claire avant l'occupation. Tous les systèmes de réseau du Dôme avaient été détruits, et même les tours COM avaient été démolies pour assurer que la population n'ait que peu de moyens de communiquer et de se regrouper à part en personne. Il ne restait plus que du matériel informatique d'urgence.

La mainmise de Shepherd sur les réseaux d'information et de communication était pratiquement complète, mais pas totale.

Il restait encore des bases de données et des serveurs remplis d'information sur les résidents de chaque niveau – c'était à ceux-là que Corday désirait accéder. La plupart des anciens bureaux des exécuteurs étaient à présent occupés par les disciples de Shepherd. Corday en avait épié des dizaines. Les rares emplacements qu'il avait trouvés abandonnés étaient situés dans des régions très hostiles, où les rouages internes du secteur avaient été soit nettoyés soit totalement démolis. Mais, après deux semaines de reconnaissance périlleuse, il eut un coup de chance.

À l'intérieur de la coque carbonisée d'une petite station d'exécuteurs située dans les sphères intermédiaires, Corday découvrit un minuscule bureau de renseignements qui n'avait pas été pillé par les émeutiers. Les écrans COM fonctionnaient et, par miracle, démarrèrent lorsqu'il les brancha à une batterie.

Corday se dépêcha de récupérer l'ancienne adresse d'une Claire O'Donnell avant qu'un passant éventuel ne remarque sa présence. Sans perdre plus de temps, il éteignit la précieuse ressource, arracha le cube mémoire et descendit sept niveaux pour braver le quartier froid dans lequel Claire avait vécu.

L'Oméga avait habité bien trop près des bidonvilles pour que son foyer ait pu être considéré comme sûr. Tout était mal entretenu, densément construit et peint d'une couleur délavée. Son appartement avait été saccagé, évidemment. Les fenêtres étaient brisées, ses babioles détruites et tout objet précieux avait disparu. Il ne restait que du mobilier de mauvaise qualité et des murs entiers de livres qui avaient dû lui coûter assez cher.

De toutes les choses qui avaient été volées, peu d'entre elles étaient des livres.

Ses romans préférés avaient le dos ridé par un usage fréquent. Corday trouva ses choix presque banals, et un sourire plana sur ses lèvres lorsqu'il vit un exemplaire écorné d'un roman d'amour pré-Dôme en position de choix. Il le sortit soigneusement et observa la couverture usée.

Le papier était plissé et sentait le savon à la vanille. Corday le rangea et entra dans la seule chambre du petit appartement.

À l'intérieur, tout était décoré en tons turquoise ; l'atmosphère était simpliste et confortable, comme les Omégas l'aimaient. Les draps de lit sentaient encore son odeur, bien qu'il semble qu'un des pillards se soit roulé dedans. Corday s'installa sur le matelas étroit et ramassa la photo de famille sur sa table de chevet – Claire et ses parents quand elle était enfant. Les mains du père Alpha reposaient sur les épaules de sa petite fille. À côté de lui, une femme arborait un mince sourire, comme si elle s'efforçait de communiquer de la joie sous son regard vaincu.

Claire était à l'image de son père. Ils avaient les mêmes traits distinctifs et les mêmes cheveux noirs, mais elle avait hérité de la silhouette menue et du cou de signe de sa mère. Elle semblait fragile, même si Corday savait que les apparences étaient trompeuses.

Il reposa la photo et se mit à fouiller sa collection de bijoux, qui avaient si peu de valeur que même les pillards les avaient négligés. Sous la doublure d'un petit écrin en velours, il sentit le contour d'une bague et rabattit le tissu pour découvrir un anneau en or usé.

C'était une alliance. La même que celle portée par sa mère sur la photo.

Sans réfléchir, Corday l'empocha pour pouvoir la rendre à Claire. Parce qu'il *allait la revoir*. Son amie était futée et rusée. Elle trouverait un moyen. Claire ne finirait pas comme les Omégas au regard vitreux que les exécuteurs avaient libérées, celles qui suppliaient pour qu'un Alpha les revendique, les soulage et leur donne une raison d'être. Non… Claire était différente.

Elle devait l'être.

***

Claire ne savait ni combien de jours s'étaient écoulés, ni l'heure qu'il était, ni combien de temps elle avait dormi, ni pourquoi elle se sentait toujours épuisée en se réveillant. Shepherd n'était pas revenu une seule fois depuis leur dispute.

Elle n'avait personne à qui parler et pas d'odeur apaisante vers laquelle se tourner. Il n'y avait rien d'autre à faire qu'obnubiler sur la pièce et essayer d'oublier combien elle se sentait seule.

Elle nettoya chaque surface et alla jusqu'à sortir tout de la commode et replier chaque vêtement avec des angles bien nets. Même en se forçant à se distraire, plus d'une fois, elle laissa involontairement ses pensées dériver vers l'Alpha. Son esprit l'invitait à se remémorer ses points les plus agréables.

La source de son problème était palpable. Claire voulait qu'il lui revienne – elle voulait entendre son ronronnement apaisant et sentir la chaleur de son corps dans son nid. Elle se sentait embrouillée par ce confinement forcé et rebutant.

Après avoir refermé le dernier tiroir, elle s'apprêta à passer au nettoyage de l'étagère – ce que Shepherd appelait sa *fenêtre*. Soudain, Claire se tourna en poussant un couinement. Une femme était debout derrière elle, si proche qu'elle aurait pu la toucher.

Claire écarquilla ses yeux verts en voyant l'inconnue et balbutia un « bonjour » en se demandant si elle avait perdu l'esprit et était en train d'halluciner.

Un sourire – le sourire charmant et raffiné de la noblesse – étira des lèvres roses.

— Bonjour, ma jolie.

Claire sentait que la femelle n'était pas ce qu'elle semblait être. Cette beauté exotique était une Alpha, mais si délicate que la petite brune aurait presque pu passer pour une Oméga. Quand elle recula, Claire vit ses yeux bleus surveiller ses moindres gestes et un petit sourire amusé planer sur ses lèvres.

— Qui êtes-vous ?

Le contact de doigts froids sur sa peau força Claire à reculer la tête. Cela n'empêcha pas la femme souriante de passer un ongle sur sa mâchoire délicate.

— Je suis la bien-aimée de Shepherd.

À ces mots, le fil dans sa poitrine – la chaîne – se tordit.

— Je suis Claire, s'étrangla celle-ci en posant une main défensive sur son ventre.

— Claire, répéta-t-elle d'une voix traînante, riche et dotée d'un accent.

Claire vit une lueur étinceler dans ses yeux ovales ; quelque chose de malvenu et de traître. L'Alpha était dangereuse, et elle la regardait comme un morceau de viande. Elle contra chacun de ses pas en arrière, jusqu'à ce que l'Oméga se retrouve coincée contre le lit.

— Ne bouge pas, Oméga.

— Je m'appelle Claire, répéta-t-elle d'une voix grave, les épaules raides.

Un élancement de douleur traversa son visage. Secouée, Claire pressa sa main sur sa lèvre entaillée et regarda l'inconnue qui venait de la gifler.

— Tu es saturée de lui, dit l'Alpha en reniflant. Couche-toi sur le lit et écarte les cuisses, que je puisse voir.

— Je ne sais pas pour qui vous vous prenez, mais reculez !

Elle entendit l'autre lancer un tut-tut désobligeant.

— Soit tu obéis, soit je demande à Shepherd de t'y forcer.

— Alors qu'il me force… Je n'écarte pas les jambes uniquement parce qu'une chienne Alpha me le demande.

Avant qu'elle ne puisse s'esquiver, une main inflexible enserra sa gorge. Claire fut forcée de reculer jusqu'à ce que ses genoux se plient et que son dos heurte le matelas. Luttant pour desserrer la poigne qui lui broyait la trachée, l'Oméga contempla les yeux bleus impénétrables d'une tueuse – ce qu'elle y vit lui inspira plus de terreur que jamais.

La main de la femme se glissa sous sa jupe. Ses doigts s'enfoncèrent en elle et tournèrent douloureusement dans sa matrice sèche. La brunette les ressortit et les goûta.

— Tu es enceinte. Comme c'est intéressant.

Une deuxième main vint enserrer la gorge de Claire. Quand celles-ci la serrèrent plus fort, sa vision commença à s'obscurcir.

— Svana, lança une deuxième voix sur un ton dangereux.

La brunette inclina la tête vers l'homme qui se tenait sur le seuil.

— Mon amour, sourit Svana. Les yeux de ton jouet n'ont pas la bonne couleur. Les miens sont bleus.

— Lâche l'Oméga.

Avec un sourire taquin et un grand geste des doigts, Svana libéra la gorge de Claire. Celle-ci recula en toussant et en aspirant l'air par grandes goulées, ses yeux écarquillés tournés vers Shepherd – l'homme qui, bien que lié à elle, restait planté là sans rien faire. Tout allait mal, le fil était emmêlé. Horrifiée, Claire vit le regard d'amour absolu que Shepherd offrit à la femelle Alpha qui s'approchait de lui.

La beauté exotique tapota le torse de son partenaire.

— Tu m'as manqué, ronronna Svana. Débarrasse-toi de ton jouet. Je n'ai que quelques heures devant moi avant de repartir.

— L'Oméga n'est pas autorisée à sortir de cette chambre, expliqua Shepherd en posant une main sur la joue de la femme.

Svana haussa les épaules.

— Alors elle peut participer ou regarder. Quel dommage que j'aie raté son dernier cycle. Nous n'avons pas partagé d'Oméga en chaleur depuis un certain temps.

Claire ne put que haleter superficiellement en s'adossant au mur quand elle se rendit compte à quel point l'homme qui l'avait liée à lui était dépravé. Maintenant, elle comprenait. Aucune hormone de grossesse, nul marquage n'y changerait quoi que ce soit. Elle ne représentait rien pour Shepherd. Il l'avait manipulée pour qu'elle tienne à un monstre qui en aimait une autre – pour être ce que la femme avait répété : son jouet.

— Claire, va dans la salle de bain et restes-y jusqu'à ce que je vienne te chercher.

Il avait prononcé son prénom. Abasourdie, Claire observa le couple et vit Shepherd – son partenaire – toucher une autre femelle affectueusement.

Voyant qu'elle ne faisait pas mine d'obéir à son ordre, il tourna furieusement la tête vers elle, et ses yeux d'argent se plissèrent dangereusement.

— Vas-y.

Elle obéit enfin. Chaque pas lui parut aussi douloureux que si elle marchait sur du verre, mais la douleur était en réalité une bénédiction. Un cadeau de la déesse des Omégas. L'esprit de Claire s'éclaircit, l'influence du lien s'amenuisa, et elle commença à *ne rien ressentir*.

Elle ferma la porte derrière elle et resta seule. Maintenant qu'elle contemplait le futur droit dans les yeux, elle savait exactement à quoi ressemblait l'enfer.

Les cris des deux Alphas en train de baiser n'étaient rien. Respirer n'était rien. Alors qu'elle s'était peu à peu accoutumée à sa vie dans cette petite pièce grise, elle était désormais libérée de choses aussi insignifiantes que l'avenir. Une grande crevasse avait déchiré sa poitrine, d'où émanait un gaz infect et toxique. Claire resta assise dans le noir tandis que le murmure de l'enfer l'atteignait à travers la porte. Le fil huileux n'avait plus rien auquel se raccrocher. Il ne restait plus rien en elle… mais elle était toujours atrocement Claire.

Plus tard, Shepherd la réveilla alors qu'elle dormait contre le mur. Il la remit sur ses pieds et l'assit sur la lunette des toilettes pour pouvoir tamponner sa lèvre éclatée avec une serviette humide. Elle le regarda dans les yeux ; son regard féroce, pénétrant, cauchemardesque. Lorsqu'il resta muet, elle commença à rire de lui ; un rire bruyant et saturé de jugement.

Il était pitoyable… dégoûtant. Et mort à ses yeux.

L'expression qu'il lui rendit trahit sa confusion – celle qu'aurait portée un petit garçon acculé par des brutes. C'était parfait.

— Svana est dangereuse, gronda-t-il d'une voix grave.

Claire rit de plus belle, mais sa gorge endolorie gâcha son rire rauque. Elle rit jusqu'à ce que son visage soit empourpré et que ses entrailles lui fassent mal. Elle rit jusqu'à ce qu'elle doive repousser Shepherd et vomir dans l'évier. Quand elle se redressa, le dos droit, elle essuya sa bouche blessée avec le dos de sa main et, en ricanant toujours, sortit de la salle de bain. Elle entra dans une pièce dont l'odeur, si elle avait eu une seule raison de respirer, aurait été complètement souillée.

Ce n'étaient que quatre murs gris dont elle connaissait chaque fissure par cœur – une boîte qui ne contenait rien du tout.

Claire retrouva son nid dévasté, aussi elle se coucha à même le sol et ferma les yeux. C'était presque comme si elle fusionnait avec la terre, ne faisait qu'un avec cette pièce infinie et sans vie.

C'était beau.

Quand elle se réveilla, il faisait jour ; Claire pouvait le sentir dans ses os. Elle contempla le plafond en imaginant les rayons du soleil illuminer le Dôme. Elle était de nouveau seule. De la nourriture l'attendait sur la table. Elle se leva, prit l'assiette, la porta dans la salle de bain et jeta le tout dans les toilettes. Quand elle lâcha les vitamines dans le tourbillon d'eau, ses lèvres articulèrent le mot « plouf ». L'assiette vide fut reposée sur le plateau, et elle retourna aussitôt à sa place chaude sur le sol. Une journée entière s'écoula.

La porte s'ouvrit. Son regard apathique vit que le Bêta aux yeux bleus lui apportait un autre plateau. Le disciple agit comme si elle n'était pas là.

— Je ne connais même pas ton nom, coassa Claire en ne ressentant rien.

— Je m'appelle Jules, répondit-il, impassible. Shepherd aimerait que tu n'oublies pas tes vitamines.

Le plateau vide fut emporté. Il la dépassa sans même la regarder.

Quand la porte fut verrouillée, Claire s'assura de suivre à la lettre les instructions de Shepherd. Elle jeta toute la nourriture dans les toilettes et, surtout, n'oublia pas les vitamines. Après tout, maintenant qu'elle n'était qu'une coquille vide, il était agréable d'avoir la pièce grise pour elle seule. Elle prit une douche, changea de tenue, se brossa les cheveux… toutes les choses que les vivants étaient censés faire. Puis elle retourna à sa place sur le sol pour y pourrir.

Inévitablement, le temps passa. Le bruit de bottes de combat résonna sur le sol, et le diable s'accroupit au-dessus d'elle. Quand un ronronnement se mit à vibrer autour d'elle, Claire ouvrit les yeux, mais ne fut pas impressionnée.

Elle ne ressentait rien.

Shepherd souleva son corps sans vie, lui enleva sa robe propre et la posa sur le lit. Les draps avaient dû être changés. Ou alors elle avait perdu la marque de l'odeur de Shepherd. Rien n'avait d'odeur. L'homme se glissa à côté d'elle, nu, et se rapprocha. Il pouvait faire d'elle tout ce qu'il désirait et prendre ce qu'elle n'avait jamais offert. Il pressa son torse contre sa poitrine et gronda.

Rien.

Il écarta ses jambes, gronda de plus belle et laissa ses doigts danser entre ses cuisses. Quoi qu'il fasse, Claire se contenta de regarder le plafond, à travers duquel elle put voir le ciel nocturne plombé. Elle ne fit pas un bruit quand un membre étranger s'enfonça maladroitement dans son corps froid. Elle resta allongée là sans bouger, sans savoir combien de temps il s'évertua, ni voir les efforts qu'il déploya… parce qu'elle s'en moquait. Un étirement malvenu lui fit savoir que le truc suant et grondant avait noué.

Toujours rien.

Alors que leurs corps étaient liés, elle entendit vaguement une voix rauque et grave, et l'ignora. Elle sentit quelqu'un tirer ses cheveux, puis les caresser doucement. Claire bâilla. Le sommeil l'emporta immédiatement.

***

Alors qu'elle traversait la Crypte, où les siens avaient été enfermés, Nona garda le dos droit comme un i malgré les deux grands disciples qui la malmenaient. Cela faisait des semaines qu'elle n'avait pas été dérangée ni interrogée, et elle se demandait pour quelles bêtises ils allaient lui faire perdre son temps, cette fois. Lorsque la porte s'ouvrit et qu'elle fut poussée à l'intérieur de la pièce, même elle ne put dissimuler son haussement de sourcil ni se retenir d'éprouver une terreur soudaine en découvrant que ce n'était pas Jules, le Bêta, qui l'attendait à la table.

Même assis, l'Alpha était immense.

— Elle semble penser elle aussi que rester debout comme vous le faites est un genre de défi. Mais vous êtes toujours une Oméga et vous savez qu'il ne servira à rien de résister, lança Shepherd sur le ton de la conversation, même si son expression était tout sauf agréable.

Nona s'installa sans y être invitée. Elle avait vécu assez longtemps pour savoir qu'il valait mieux ne pas riposter aux railleries des mâles.

— Vous êtes de facto la cheffe de cette meute d'Omégas…, commença l'homme.

— Absolument pas, le coupa Nona. Notre société est une démocratie.

— Comment trouvez-vous les logements que nous vous avons fournis ?

— Comme une prison, répondit Nona en lui rendant son regard glacial.

Shepherd ne fut pas impressionné par ses fanfaronnades.

— Je vous ai fourni de l'eau propre, de la nourriture de qualité, des couvertures chaudes, un abri…

— Votre raisonnement est erroné, dit Nona en tapant sur le bureau. Tous ces conforts, vous les donnez uniquement pour préparer les Omégas à devenir les esclaves d'un inconnu.

— C'est donc vous qui avez corrompu son esprit.

Ah, alors ça, c'était intéressant !

— Pardon ? demanda Nona en inclinant la tête.

— Des huit Omégas qui ont été appariées depuis votre arrivée sous mes soins, toutes ont accepté leur sort et se comportent comme elles le devraient.

Il serait imprudent de sourire – un geste de ce bras épais, et il pourrait séparer sa tête de ses épaules –, mais Nona se laissa aller à ce petit plaisir. Sa déclaration cachait une embrouille et trahissait son irritation que sa propre relation soit loin d'être parfaite.

— Il n'y a rien que je puisse vous dire qui ferait de Claire quelqu'un qu'elle n'est pas. J'ai radoté pendant des heures au sujet des aliments qu'elle préfère, de ses loisirs… Toutes des questions que vous auriez pu lui poser vous-même.

— Votre seule utilité, vieille femme, est l'information qui pourrait m'aider à apaiser ma compagne. Ne vous avisez pas de prendre des grands airs et de me donner des conseils, l'avertit Shepherd en imaginant la facilité avec laquelle il pourrait l'étrangler.

— Alors venez-en au fait.

La légère dilatation de ses yeux vif-argent, les relents soudains d'hostilité… Il était bien moins détaché qu'il le prétendait.

— Je commence à soupçonner que vous avez dépassé votre utilité. J'ai encore de la place pour pendre votre corps auprès des autres Omégas.

— Si quelque chose ne va pas avec Claire, je ferai tout pour l'aider, rétorqua Nona, enchantée de pouvoir s'exprimer honnêtement. Quoi que vous cherchiez à savoir, demandez-le-moi.

— Ma partenaire s'est renfermée.

Nona grimaça et se demanda comment il pouvait être si surpris. Les lèvres pincées, elle attendit que l'homme poursuive.

— N'avez-vous rien à dire ? aboya Shepherd en se penchant vers elle.

— Je ne vois pas bien ce que vous attendez que je vous dise, répondit Nona. Renfermée n'est pas un mot que j'ai jamais entendu utilisé pour décrire Claire. Généralement, elle aime plutôt se faire entendre. Quoi qu'elle soit devenue, c'est vous qui l'avez cherché en la traitant comme vous l'avez fait.

— Lors du décès de chacun de ses parents, qu'est-ce qui l'a tirée de sa mélancolie ?

— Le temps et le soutien de ses proches.

Manifestement, sa réponse était inacceptable, et le géant avait atteint les limites de sa patience.

Cet homme la rendait malade, ce qui transparut dans l'accusation de Nona.

— Vous comportez-vous comme ça avec elle aussi ? Parce qu'elle ne le prendra jamais bien.

— Je suis très prudent dans mon comportement avec Claire.

Quelque chose dans le choix de ses mots lui donna le sentiment qu'il mentait, ou qu'il était prudent de la même façon qu'on manipule prudemment un chaton – une façon aberrante de se comporter avec son conjoint. Nona renifla l'air en se penchant vers lui pour qu'il comprenne son geste, et sentit très peu de l'odeur de Claire sur l'homme.

— Et vous l'avez étudiée comme un spécimen, à l'aide d'informations rassemblées grâce à des sources extérieures. Pourquoi ? Pour manipuler la situation à votre goût ?

— Bien sûr.

— Apparemment, votre stratégie a échoué.

C'était donc ça.

— Il n'y a rien que je puisse dire pour vous aider, Alpha.

Le regard de Shepherd se fit menaçant.

— Les Omégas ne recevront pas de nourriture pendant trois jours. Et elles sauront toutes que vous êtes la cause de leur faim.

***

Comme le monde était amusant. Tout était inversé. Claire était assise sur la chaise, la tête posée sur sa paume de main, pendant que Shepherd était celui qui faisait les cent pas. De long en large, de gauche à droite. On aurait dit un dinosaure agité.

Claire fit un bruit.

La montagne s'interrompit pour la regarder. Il parla.

211

Elle n'entendit rien.

Ses doigts fins commencèrent à tambouriner sur la table. Et, de nouveau, la bête marcha. Il finit par la prendre dans ses bras, comme il l'avait fait lors de chaque visite, et lui enlever sa robe. C'était toujours la même chose : le matelas contre son dos, son grognement futile, puis tous les trucs qu'il déployait pour séduire son corps. Shepherd se pensait intelligent, et il étala une dose généreuse de lubrifiant sur sa queue palpitante avant de la pilonner. Il se déhancha sous cet angle-ci et cet angle-là, comme s'il imitait ses pas déroutés. Il essaya tout pour obtenir une réaction, essaya même d'amadouer ses lèvres molles pour qu'elle l'embrasse, de murmurer à son oreille, de la caresser et de contempler ses yeux qui regardaient ailleurs.

— Reviens, ma petite.

Elle ne reviendrait jamais. Pas pour lui. Pas pour la bête qui avait réussi la prouesse de la faire le désirer une fois avant de la trahir si complètement.

Claire s'endormit pendant que Shepherd était toujours en elle.

L'Alpha finit par comprendre le sort qu'elle réservait aux repas qu'il faisait livrer pendant son absence. Pas que ce soit difficile à découvrir, quand elle refusait même de regarder la nourriture qu'il lui apportait. Sa partenaire devenait blême, des cernes sombres étaient apparus sous ses yeux et, quoi qu'il pousse entre ses lèvres, elle refusait de l'avaler. Elle le regardait avec ses yeux vitreux, le transperçait du regard et le défiait de la gaver.

Lorsqu'il abattit son poing sur la table, le métal grinça. Claire leva les yeux et cracha paresseusement tout ce qu'elle avait en bouche sur ses genoux. Il y eut un rugissement, et le contenu de son plateau fut jeté à travers la pièce pour aller s'écraser contre le mur. Une patte l'arracha de sa chaise, puis une couverture l'emmaillota. Shepherd la tint dans ses bras. La porte en métal claqua, les murs de béton disparurent. Ils passèrent devant un extincteur qu'elle avait déjà vu, une porte bleue, une pièce remplie de moniteurs COM, sauf que, cette fois, il y avait des hommes dans la pièce et dans les couloirs – des disciples qui saluaient le géant, qui les ignorait en marchant furieusement.

Claire entendit le bruit de bottes sur des marches en béton, des ordres aboyés et incompréhensibles, puis une porte s'ouvrir sur un froid cinglant. L'atmosphère, l'air frais… Elle avait vu toutes ces choses alors qu'elle gisait sur le sol, à regarder à travers le plafond. Ce n'était rien de spécial. Claire ferma les yeux.

Shepherd ne l'entendait pas de cette oreille. Ses bras épais la secouèrent jusqu'à ce qu'elle ouvre les yeux. Il la reposa sur ses pieds et recula pour qu'elle soit obligée de se tenir debout toute seule. Claire se dressa sur ses deux jambes, consciente d'une chose qui avait échappé aux autres personnes présentes sur cette terrasse. L'esprit était capable d'absorber de toutes nouvelles choses presque instantanément lorsqu'il était complètement vide. Les yeux voyaient des détails que les esprits pensants n'enregistraient pas. Debout sur ses deux pieds, elle leva les yeux vers le ciel enneigé… et sentit les gros flocons blancs fondre sur ses joues.

Une neige si épaisse était un signe que le Dôme avait été endommagé et que l'air arctique s'y infiltrait. Les ingénieurs responsables de la sécurité de la colonie avaient échoué.

N'avaient-ils pas tous échoué ?

En la voyant debout, la bête poussa un soupir soulagé.

Personne n'aurait pu prévoir son geste. Aucun d'entre eux n'aurait pu s'en douter. Prétendant bâiller, Claire fit craquer son cou et rouler ses épaules de manière à desserrer la couverture. Puis, prenant son élan, elle détala comme un lièvre et bondit par-dessus le rebord de la terrasse de la Citadelle, plongeant dans l'obscurité avant que quiconque ne puisse la rattraper.

Les corps inertes, sans vie, absorbent la force bien différemment que les corps crispés qui se débattent. Claire le savait. Ce qu'elle ignorait, c'était que même les épais amoncellements de poudreuse pouvaient faire très, très mal à l'atterrissage, si vous sautiez dedans du haut d'un bâtiment.

Il y eut un tollé général au-dessus d'elle, mais la poudreuse fraîche l'aspira et la cacha suffisamment longtemps pour qu'elle se glisse dans un couloir gelé où seul un être aussi petit qu'un Oméga pouvait passer. Puis elle fit ce qu'elle faisait le mieux. Claire courut.

D'en haut, il semblait qu'elle s'était simplement évanouie dans la nature. Puisqu'elle était déjà morte de l'intérieur, autant que son corps disparaisse, lui aussi.

Merci d'avoir lu Né pour être lié. L'histoire de Shepherd et de Claire est loin d'être terminée. Lisez NÉE POUR ÊTRE BRISÉE dès maintenant !

Vous en voulez plus ? Alors voici quelques romans d'amour noir Omegaverse qui prennent aux tripes ! Jaloux, possessif et prêt à tous les péchés pour voler sa

femelle, Shepherd est le petit ami anti-héros que vous attendiez tous.

- **Née pour être liée** — Violent, calculateur et impénitent, Shepherd exige l'adoration de sa nouvelle partenaire. Son affection. Son corps.
- **Née pour être brisée** — Shepherd ne sait plus comment aimer sa prisonnière Oméga. Mais il est résolu à apprendre.
- **Renaissance** — La nature de leur lien a ravagé Claire à tel point qu'elle ne différencie plus ses sentiments des machinations de Shepherd.
- **Dérobée** — Il l'a prise avec violence sans que personne intervienne. Il l'a brisée tout en jurant qu'il recollerait les morceaux.

La série Le chant de Wren est le récit sinistre et noir d'un harem inversé de l'Omegaverse, pour ceux qui ont des goûts particuliers et aiment l'échange de pouvoir total.

- **Marquée prisonnière** — Wren ne peut chanter comme un troglodyte. Elle ne peut d'ailleurs même pas parler. Mais l'Alpha pilier et sa meute n'ont pas acheté l'Oméga pour l'écouter parler.
- **Prisonnière silencieuse** — Wren est prisonnière des griffes de trois dangereux Alphas, chacun avec ses propres arrière-pensées.
- **Prisonnière brisée** — Caspian l'a marquée, Toby l'a revendiquée et Kieran est envoûté contre son gré.
- **Prisonnière profanée** — Fortuné et puissant, Caspian tient ma ville à la gorge. Nul homme, nulle femme ne peut s'opposer à lui, pas même moi.

Charnel, osé et incroyablement gratifiant. Mon best-seller d'amour noir Omegaverse attend les audacieux qui veulent y goûter.

- **Le fil d'or** — Ils me traitent de brute. Ils me traitent d'impénitent. Ils me traitent de possessif. Je suis toutes ces choses et bien, *bien* plus.

Vous aimez les hommes poules, affectueux et totalement possessifs ? Alors lisez mes romans d'amour noir – harem inversé. La série L'empire d'Irdesi est captivante et torride, sûre de vous satisfaire.

- **Sigil** — Il la possèdera. Même s'il doit écraser des empires. Même s'il doit lui faire du mal pour son propre bien. Même s'il doit la partager avec ses frères. Sigil sera à lui.
- **Sovereign** — Sovereign s'occupe de son consort réticent. Ses nombreux frères la couvrent d'attention, chacun exerçant sa marque séductrice pour courtiser la seule femelle de leur espèce.

Si vous préférez les mâles Alphas sombres, alors mon roman d'amour noir best-seller de la période de la Régence anglaise comblera vos désirs.

- **La face cachée du soleil** — Cupide, fourbe et cruel, Gregory prétend l'aimer et lui propose de tuer pour elle… Mais les mensonges lui viennent aisément.

L'obsession et un « amour » des plus tordus sont les thèmes centraux de ce livre torride. Prenez garde aux horreurs qui vous attendent.

- **Catacombes** — Le roi des vampires a trouvé sa reine et l'a enfermée pour son malin plaisir.

Un roman d'horreur tabou qui s'insinuera dans vos pensées les plus sombres et vous tiendra éveillé toute la nuit ? Quoi que vous fassiez, ne suivez pas le lapin blanc !

- **La reine blanche** — Le Diable doit une faveur au Chapelier… et celui-ci sait précisément ce qu'il veut recevoir comme récompense.
- **Immaculée** — Mais mes genoux ont été écorchés par mes prières devant un autel vide. Tout ce qu'on m'a enseigné est un mensonge. Il n'y a point de Dieu ici-bas.

Vous aimez le bon vieux désir à l'ancienne ? Alors savourez ces romans d'amour datant de la période de la prohibition.

- **Un avant-goût du soleil** — Quelque chose cloche chez la petite nouvelle en ville. Charlotte Elliot jure, boit et en fait bien trop pour se fondre dans la foule.
- **Un coup dans le noir** — Matthew est résolu à retrouver sa chérie après sa fugue. Et puis, il compte bien l'épouser.

Rejoignez mon groupe Facebook, Addison Cain's Dark Longing's Lounge, pour recevoir des extraits, livres gratuits et autres cadeaux ! Demandez-moi ce que vous voulez ! J'ai hâte de pouvoir vous parler.

Et, maintenant, faites-vous plaisir avec cet extrait de NÉE POUR ÊTRE BRISÉE

...

NÉE POUR ÊTRE BRISÉE

La revendication de l'Alpha, Tome deux

Chapitre 1

Le temps qu'elle arrive devant chez lui, Claire pouvait à peine faire plus que ramper. Elle griffa le portail avec ses doigts engourdis avant de se laisser tomber au sol. Quand elle vit la porte s'entrouvrir et des yeux loucher dans le noir, si elle l'avait pu, Claire aurait ri. Jamais un homme n'avait paru si choqué.

Elle était sale ; ses cheveux filiformes étaient trempés par la neige et par sa sueur, et ses membres étaient salement amochés après sa chute. Un bleu en forme de main enserrait sa gorge comme un triste collier. Ce n'était rien comparé à l'état de ses pieds lorsqu'il l'aida à se relever. Ils étaient lacérés et en sang, et elle avait perdu bien trop de peau. Corday la hissa du sol, pressa son corps gelé contre le sien et ferma la porte.

— Claire ! s'exclama-t-il en frottant vigoureusement le dos de la femme tremblante. Je te tiens.

Et heureusement qu'il la tenait ; dès qu'il eut refermé la porte, Claire s'évanouit, et ses yeux roulèrent dans leurs orbites. Corday se précipita jusqu'à la douche, monta la température et se tint avec elle sous le jet brûlant. Ses lèvres étaient bleues, ce qui n'était pas étonnant vu que les températures à ce niveau du Dôme étaient devenues glaciales. Le Bêta débarrassa son amie de sa robe en lambeaux et nettoya chaque rigole de sang, découvrant d'autres bleus, d'autres blessures, d'autres raisons de détester Shepherd.

Il avait gardé la gaze sur son épaule pour la fin, soulagé de voir qu'au moins une blessure avait été soignée. Mais, à mesure que le bandage se saturait d'eau, il commença à s'inquiéter de ce qui pouvait se trouver dessous. Corday le retira et jura en voyant ce que la bête lui avait fait. C'était la marque de revendication de Shepherd. La peau de son épaule était rouge et déformée, même après ce qui paraissait des semaines de guérison. Son épaule était foutue en l'air.

Le monstre l'avait mutilée.

L'eau devint aussi froide que le sang de Corday. Il la sortit, la sécha aussi bien qu'il le put et la borda dans la chaleur de son lit. Claire gît là, nue et salement amochée, un soupçon de couleur revenant sur ses joues creuses. Un à la fois, il découvrit chaque membre, soigna ses éraflures et banda ses plaies en faisant de son mieux pour préserver sa pudeur. Ce qui ne l'empêcha pas de voir les contusions révélatrices qui marbraient l'intérieur de ses cuisses.

Elle était presque aussi meurtrie que les Omégas sauvées par la résistance...

Cela l'effraya. Aucune de ces femmes ne s'en tirait bien. Même maintenant qu'elles étaient en sécurité et à l'abri, leur état se détériorait. Elles parlaient et mangeaient à peine. D'autres étaient mortes, et les exécuteurs ne pouvaient identifier la cause. La brigadière Dane était sûre qu'après tout ce qu'elles avaient souffert – les enfants et partenaires qui leur avaient été arrachés –, elles avaient simplement perdu la volonté de vivre.

Claire devait être différente.

Son bras gauche, son bras droit et ses deux coudes saignaient. Corday ne put lui offrir que des baumes et des bandages. Il n'y avait rien qu'il puisse faire pour sa gorge ; ces hématomes jaune-brun n'étaient pas récents. Les blessures de l'Oméga étaient bien plus délicates au niveau des jambes – ses genoux étaient grotesques, l'un d'eux entaillé si profondément qu'il aurait requis des points de suture. À l'aide de sutures en papillon, il fit de son mieux pour refermer la plaie déchirée et béante en alignant les pans de peau pour qu'ils puissent mieux guérir. Ses articulations allaient gonfler – c'était inévitable –, et il hésitait à poser de la glace dessus, puisqu'elle était déjà tremblante et froide au toucher.

— Tout ira bien, Claire, lui promit-il. Tu es en sécurité avec moi.

Claire ouvrit ses yeux injectés de sang ; elle regarda le Bêta, dont elle pouvait lire le visage comme dans un livre. Il avait peur pour elle.

— Je n'ai pas mal.

— Chut, murmura-t-il en se penchant, ravi de la voir réveillée. Repose ta gorge, ajouta-t-il en dégageant ses cheveux humides et emmêlés de son visage.

Elle se tut, aussi Corday se dépêcha de terminer de désinfecter toutes les abrasions sur ses cuisses, ses genoux et ses mollets. Ses pieds étaient une autre histoire. Il ne pouvait pas y faire grand-chose, et elle aurait du mal à marcher pendant des jours et des jours. Il ôta les détritus et remarqua qu'elle n'avait ni bougé ni tressailli, pas même quand une vague de sang frais s'écoula après qu'il eut retiré un grand tesson de verre de sa chair. Il banda ses pieds et pria les trois Dieux que ses plaies ouvertes ne s'infectent pas.

Pensant qu'elle était en train de dormir, il se leva, mais la main de Claire se tendit, et ses doigts meurtris se refermèrent sur sa manche.

— Ne pars pas !

— Tu as besoin de médicaments, l'apaisa Corday en entrelaçant leurs doigts.

221

Claire les serra, terrifiée et incohérente.

— Ne me laisse pas seule.

Corday envoya voler la pile d'emballages de pansements par terre et fit ce qu'elle désirait. Il se glissa sous la couverture à côté d'elle pour lui offrir sa chaleur corporelle et un endroit sûr pour se reposer. Claire le laissa la tenir et posa sa tête sur son épaule, immobile.

— Veux-tu bien ronronner pour moi ? murmura-t-elle.

Sa demande pitoyable la rendit honteuse.

Le ronronnement était un acte intime entre des amants et des membres d'une même famille, mais le Bêta n'hésita pas. Corday inspira profondément et, aussitôt, une vibration bourdonnante jaillit de sa gorge. Le ronronnement était un peu faux – il n'y était pas habitué – mais, bien qu'il ne soit pas aussi riche que celui d'un Alpha, il fut infiniment rassurant pour elle en cet instant.

— C'est agréable, soupira Claire, épuisée. Ne t'arrête pas.

— Je n'arrêterai pas, Claire, promit Corday en essuyant une larme sur sa joue.

— Je déteste ce nom, murmura-t-elle d'une voix brisée en sentant plus qu'un mal-être étouffant.

Elle ressentait du dégoût… pour elle-même.

* * *

Claire se réveilla blottie contre son ami, comme des enfants se murmurant des secrets dans la nuit. Bien que son corps entier soit endolori, elle était au chaud, entourée d'une odeur de sécurité, et reconnaissante de voir le sourire juvénile que Corday lui offrit lorsqu'elle parvint à ouvrir ses cils collants.

— Tu as l'air d'aller mieux, dit-il en caressant doucement et prudemment ses cheveux emmêlés.

Ils étaient si proches qu'elle pouvait voir le chaume pousser sur ses joues, sentir son odeur.

Il semblait si réel.

Claire sentit sa lèvre inférieure éclatée brûler lorsqu'elle la suça dans sa bouche. Goûter la cicatrice que Svana lui avait laissée quand elle avait refusé d'écarter les cuisses lui fit revivre ce cauchemar. C'était comme si la femme était dans la pièce avec elle, comme si les mains de l'Alpha étaient encore serrées autour de sa gorge.

Claire eut du mal à respirer.

— Tout ira bien, Claire, dit Corday – ce qui brisa la vague de terreur grandissante. Je te protègerai.

Ce n'était pas un rêve ; c'était la réalité. Claire réalisait que plus Corday lui parlait, plus il la touchait, plus elle pouvait sentir le soleil sur son visage.

Comment était-elle arrivée ici ?

Elle *était* séparée de Shepherd, physiquement mal en point, nue, et Corday l'avait accueillie chez lui malgré le fait qu'elle l'avait drogué et lui avait menti.

Elle devait se le rappeler tout haut ; se forcer à se rappeler.

— J'ai sauté de la terrasse arrière de la Citadelle… dans une pile de neige.

— Et tu as couru jusqu'ici, termina Corday.

Oui, avant même d'avoir repris sa respiration, elle avait crapahuté sur ses pieds et pris ses jambes à son cou.

— J'ai couru aussi vite que possible… tout droit vers ta porte. Je suis désolée, Corday, sanglota Claire d'une voix fêlée en tremblant de tous ses membres.

En voyant sa panique, il essaya de la calmer.

— Il n'y a pas à être désolé.

— Je t'ai drogué, murmura-t-elle. J'ai menti. Et, maintenant, il va te trouver. Il te fera du mal.

— Il ne me fera rien, l'assura Corday d'un ton sérieux et sévère. Tu peux me faire confiance. Et tu n'as plus besoin de me mentir. Je ne pourrai pas t'aider si tu mens.

— Si je t'avais mené aux Omégas, il t'aurait tué, comme il a tué Lilian et les autres, dit Claire en posant les yeux sur son oreiller légèrement ensanglanté. Il m'a punie… Je suis enceinte.

Corday le savait déjà. Il l'avait senti presqu'au moment où Claire lui était tombée dans les bras. Il n'y avait qu'une explication pour qu'une telle chose se soit produite. Shepherd avait forcé un autre cycle de chaleurs.

Il y avait si peu qu'il puisse dire ou faire, mais Corday pouvait lui offrir une solution. Il la regarda dans les yeux et demanda :

— Veux-tu le garder ?

Quelle question… En réfléchissant, Claire se rendit compte qu'elle s'était accrochée au Bêta au point que ses épaules devaient le faire souffrir. Elle relâcha sa prise, jaugea le petit bout de femme qu'elle était toujours, et sut qu'elle n'avait pas eu envie d'avoir un bébé… pas encore. Et, surtout, elle s'était bêtement autorisée à s'attacher au monstre qui avait planté sa graine dans son ventre, un monstre qui l'utilisait comme poulinière – une bête dont l'amante avait essayé de la tuer.

Claire posa une main sur la minuscule vie qui grandissait en elle. Elle pouvait se débarrasser du problème ; l'avortement était une pratique courante, probablement encore accessible maintenant. Elle pouvait sortir Shepherd de son corps.

Après une respiration saccadée, elle avoua l'horrible vérité :

— Je ne ressens rien, tu sais ? À l'intérieur… Je ne ressens rien du tout.

Il lui décocha un petit sourire en coin.

— Je sais que tu as l'impression que c'est la fin du monde, Claire, mais tu es libre, maintenant. Tu es une survivante.

Elle ne put s'empêcher de lancer un triste sourire à l'homme qui ne comprendrait jamais.

— Survivante ? Quel genre d'avenir envisages-tu pour moi ? J'ai été revendiquée par un monstre pour devenir son jouet, droguée pour déclencher artificiellement mes chaleurs, ensemencée contre mon gré pour lui être dévouée et puis forcée d'écouter l'Alpha qui est censé être mon partenaire baiser son amante – une Alpha terrifiante qui a essayé de m'étrangler et m'a doigtée sous ses yeux.

Corday ne put réprimer une grimace.

— Chut. On trouvera une solution.

— C'est bon, tu sais. On peut tous les deux reconnaître qu'il n'y aura pas de fin heureuse pour moi.

Claire se rassit et tira la couverture sur sa poitrine. Elle se sentait vide.

— Je n'ai aucun avenir, mais je peux toujours me battre pour elles.

Corday caressa ses cheveux. Il voulait la prendre dans ses bras, mais il refoula son envie d'embrasser la femme aux yeux tristes.

— Si tu franchis cette porte et que tu essaies d'affronter Shepherd seule, tu ne gagneras pas.

— Je ne gagnerai pas… mais je vais agir.

Enfin un objectif, quelque chose auquel se raccrocher. Claire ricana, sa voix endurcie.

— Je vais faire tout ce que je peux pour faire du bruit. Et, s'ils m'attrapent, je m'assurerai qu'ils me tuent.

— Écoute-moi, s'il te plaît, dit Corday d'un ton pressant, craignant de l'effaroucher s'il disait un mot de travers. On doit en parler. La meilleure chose que tu puisses faire pour l'instant, c'est récupérer.

— J'en ai l'intention, opina-t-elle, sachant qu'il comprendrait. Shepherd m'a dit une fois qu'il n'y avait pas de bon dans le peuple de Thólos. Il avait tort. L'occupation nous a arraché tous nos faux-semblants ; elle nous a rendue nue à notre nature. Ne vois-tu pas ? L'intégrité, la générosité – elles existent ici… Toi, Corday, tu es un homme bon.

Elle ferma les yeux et se blottit contre lui, et il n'hésita pas à la serrer dans ses bras.

— Et tu es quelqu'un de bien, Claire.

La joue posée contre son épaule, elle soupira. Elle avait peut-être été *quelqu'un de bien* autrefois mais, à la vérité, elle n'était plus cette personne. Elle n'en était que l'ombre.

— Je veux que tu saches que, pendant ton absence, nous avons démasqué les revendeurs de faux suppresseurs de chaleurs. Les Omégas ont été sauvées. Elles sont à

226

l'abri et elles se remettent. Leurs réserves ont été détruites ; ils ont tous payé pour leurs crimes.

Quelque chose palpita dans la poitrine de Claire ; un élan d'émotion qu'elle étouffa avant qu'il ne l'infecte.

— Merci, Corday.

— Tu as joué ta part, tu sais ? Ta résolution – tu t'es battue pour elles. Elles te doivent leur liberté.

Un empressement juvénile, un désir de faire plaisir à Claire, infecta son sourire.

— Je n'ai rien fait à part me faire violer et m'apitoyer sur mon sort.

— Tu te trompes, dit Corday en effleurant sa joue pour la forcer à croiser son regard. Tu as résisté au pire des monstres. Tu t'es échappée deux fois. Tu es forte, Claire.

Là-dessus, il se trompait.

— Non... Tu ne comprends pas. Le marquage, la grossesse... J'avais commencé à tenir à lui, à avoir besoin de lui. J'ai été faible.

Le dire tout haut lui donna un goût de vomi dans la bouche.

Corday, lui, savait que rien de tout ceci n'était sa faute.

— Étant donné les circonstances, ce qui est arrivé est naturel.

— Je ne sais pas ce que c'était, mais ça s'est passé. J'ai cessé de voir un monstre et j'ai cherché l'attention de l'homme. Et, juste au moment où il avait gagné mon affection, il m'a fait la plus écœurante des blagues. Je devrais être reconnaissante, j'imagine. Entendre leurs ébats... Le lien m'a été arraché. Il ne peut plus me contrôler.

L'absence totale d'émotion dans la voix de Claire dérouta Corday. Ce que Shepherd avait fait avait endommagé l'Oméga. Une partie de lui se demanda si ses expressions lui venaient naturellement, ou uniquement parce qu'elle était censée se rappeler de respirer et de cligner des yeux.

Ignorant tout des appréhensions de son ami, Claire poursuivit :

— J'ai compris, à présent. L'objectif de l'assaut n'était pas de s'emparer du pouvoir. Nous sommes ses marionnettes. Il veut nous voir devenir enragés d'un claquement de ses doigts. Nous dansons sur sa scène. Shepherd, ses disciples, ils nous punissent tous pour… pour notre ignorance aveugle, renifla-t-elle. Parce que nous avons autorisé ce qui s'est passé.

— Tu t'es libérée de lui, de ses mensonges et de sa cruauté, Claire. Souviens-t'en.

— Le Dôme est ébréché. Il neige, dehors. Je ne parle pas de givre, mais de vraie neige. Nous ne sommes pas libérés de lui, pas alors que nous avons laissé faire. Nous l'avons laissé faire.

— Nous pouvons reprendre Thólos.

— Pas tant qu'il vivra, hoqueta Claire.

MARQUÉE PRISONNIÈRE

Le chant de Wren, Tome un

Chapitre 1

— Accepte ma semence, Oméga.

L'haleine qui souffla contre sa joue était rance, mais c'était bien la dernière chose que Wren enregistrait tandis que cette *chose* fendait son bassin en deux. Elle avait fait ce qu'on lui avait demandé. Elle était restée docile quand l'homme avait écarté grand ses jambes de manière à les poser sur ses cuisses. Elle avait même ignoré la tignasse poivre et sel épaisse et drue de son torse qui l'avait grattée lorsqu'il l'avait soulevée.

Il avait grondé, comme sa mère l'avait prévenue, et il avait déchiré sa membrane d'un seul coup de reins impatient. Incapable de crier, Wren s'était contentée de se cambrer et de renverser la tête sur ses épaules. L'Alpha, soit inconscient soit insensible à son inconfort, avait empoigné ses hanches et l'avait fait rebondir sur sa queue veinée trois fois. S'empalant en elle une quatrième fois, violemment, il avait enfoncé ses griffes dans ses chairs douces et l'avait rabaissée jusqu'à ce que ses fesses claquent sur son bassin. Immédiatement, quelque chose grossit dans ses entrailles endolories. La chose appuya tellement sur sa vessie que Wren fut certaine d'avoir fait plus qu'un peu pipi sur son acheteur. Elle continua à grossir jusqu'à ce que ses intestins écrasés, ses organes et ses nerfs prient pour être libérés.

— Maudite sois-tu, Oméga ! Prends ma semence !

Prendre quoi ? Où ? Elle ne comprenait pas ce qu'elle était censée faire, à présent.

Dans son dos, l'inconnu haleta et trémoussa son bassin comme si lui aussi était extrêmement mal à l'aise. Quand elle manqua d'obéir, son agacement se mua rapidement en colère. L'odeur de son hostilité envahit les narines de Wren et fit fourmiller sa peau.

Les Alphas en colère tuaient.

Les Alphas en colère devaient toujours être apaisés.

Regardant droit devant elle l'espace mal éclairé mais bien agencé, Wren inspira et expira à trois. Elle ne pouvait rien faire à propos de l'odeur nauséabonde alors que ses jambes entouraient les cuisses écartées de l'homme. Il n'avait pas proposé de la mettre dans un lit, ni même qu'elle construise un nid. Non, le canapé dans la salle d'accueil de sa belle maison conviendrait très bien à ses besoins :

Examiner et tester la marchandise, puis baiser la vierge pendant que son père attendait de l'autre côté de la porte entrouverte.

L'homme qui était venu la vendre écoutait tout. Les halètements de l'Alpha, ses grognements et sa respiration sifflante.

Son père était en train d'entendre son échec.

Wren se força à baisser les yeux. Elle n'avait pas vu la queue de l'Alpha avant qu'il ne l'enfonce à l'improviste en elle. Elle n'avait même pas bien vu le mâle. À leur arrivée, elle avait baissé les yeux, de peur que son père ne la corrige pour son insolence. Elle s'était dévêtue pour être inspectée. Elle s'était déplacée comme on le lui avait demandé et n'avait pas résisté quand l'Alpha l'avait traînée vers le canapé le plus proche.

Et son père était sorti de la pièce pour écouter, afin de réclamer le paiement intégral pour sa transaction.

Le paiement pour... *ceci*. Wren posa les yeux sur l'endroit où seule la base de la queue de l'Alpha était visible, étirant ses lèvres au-delà du possible. Il y avait un peu de sang, bien moins que ce qu'elle avait imaginé étant donné la douleur. Le rouge s'était écoulé avec leurs fluides mêlés, trempant les poils qui parsemaient les bourses dilatées.

— Putain d'Oméga...

Une main épaisse lâcha sa hanche et atterrit sur son ventre, comme si cela pouvait la forcer à accepter encore plus son membre. Mais celui-ci n'avait nulle part où aller. Elle était liée à lui par le nœud palpitant qui lui causait une douleur atroce dans les entrailles. À en croire sa voix fêlée et les gémissements qu'il poussait à chacune de ses expirations, l'Alpha souffrait autant qu'elle.

— Tu n'as qu'une raison d'être ! Pompe ma putain de queue !

Si ce nœud continuait à cogner contre son pubis, elle allait vomir partout sur son tapis. Coincée, ne comprenant pas ce qu'il voulait qu'elle fasse, Wren pensa que le plus sage était de rester immobile et d'attendre.

Ce qui était apparemment le mauvais choix.

— Ta folle de fille ne fait pas son boulot ! gronda-t-il en direction de la porte entrebâillée.

— Avez-vous... euh... l'avez-vous stimulée, monsieur ? lança son père d'un ton docile qu'il n'aurait jamais utilisé avec elle.

Le nouveau propriétaire de Wren tourna la tête et hurla si fort que la fille eut un sursaut.

— Bien sûr que oui ! Elle refuse catégoriquement de m'apporter la jouissance. Mon putain de nœud est plein. Argh !

En nage, l'Alpha la serra plus fort quand il fut pris d'une vague de crampes.

— J'aurai ta tête pour ça, Carson !

— Wren, chérie, chantonna son père à travers la porte entrebâillée. Détends-toi et accepte sa semence. Montre à cet illustre Alpha que tu souhaites lui servir de compagne.

Elle voulait faire signe qu'elle ne comprenait pas, toucher l'homme qui l'avait amenée ici pour la vendre. Mais il ne pouvait pas la voir.

— ENVOYEZ-MOI HELENA ! hurla son partenaire potentiel.

Une autre porte s'ouvrit dans la pièce fraîche, et une femme vêtue d'une robe colorée se précipita vers le couple.

— Comment puis-je vous servir, mon Alpha ?

— Penche-toi sur le bureau et attends-moi !

Wren vit la femme se déshabiller en vitesse et contempla un autre corps féminin nu pour la première fois de sa vie. Sans hésiter, la jolie brune se plia en deux, les globes de son derrière exposés, sa joue contre le bois.

L'intimité d'une Bêta ouvertement exhibée.

Des doigts cruels s'approchèrent des grandes lèvres écartelées de Wren. L'Alpha tira sur sa chair sensible en grognant et la poussa en avant avec son poids. Ses testicules dilatés doublèrent de volume, et l'homme gronda, à l'agonie.

Sa douleur n'était rien comparée à la sienne. Le nœud qui était censé les unir dans l'accouplement fut déformé par son maniement, jusqu'à ce qu'il parvienne à se libérer du corps de l'Oméga. Wren fut jetée par terre, où elle sanglota en glissant sa main entre ses jambes tremblantes.

Du coin de l'œil, elle vit l'Alpha empaler la femelle consentante et la pilonner sous ses assauts violents, son besoin de se vider. Contrairement à Wren, la Bêta lui apporta le soulagement qu'il cherchait, et l'Alpha poussa un cri strident.

Pliée en deux, roulée en boule, Wren ferma les yeux.

Même quand son père lui demanda de venir à lui, elle refusa de se lever pour croiser son regard. Nue et honteuse, à même le sol de la maison d'un inconnu, elle renifla et pria pour ne pas entendre les horribles choses qu'ils échangèrent sur elle.

— N'a-t-elle pas été formée ?

— Ma femme s'est donné du mal pour lui expliquer à quoi s'attendre, monsieur. Je vous présente mes plus sincères excuses pour son échec mais, si vous ne comptez pas la prendre comme nouvelle partenaire, vous nous devez toujours pour avoir percé son hymen. Elle sera plus difficile à vendre maintenant qu'elle est impure.

Évidemment, son père voulait extorquer des crédits à cet homme…

L'Alpha poussa un rire incrédule.

— Ton albinos muette a beau être jolie, elle est le pire coup imaginable. Si tu crois que j'exposerai cette chatte inutile à un autre Alpha dans cette ville, tu te trompes.

— Vous me devez mille crédits pour sa virginité ! Le contrat est clair. Peu importe le résultat du premier accouplement, le montant doit être payé !

Son père n'avait même pas pris la peine de la défendre ou de la réconforter. Tout ce qu'il voulait, c'était soutirer ce qu'il pouvait à un homme bien plus riche que lui.

Le bruit de glaçons tombant dans un verre en cristal, puis de l'alcool versé. Enfin calmé, l'Alpha but une longue gorgée.

— Le contrat, ronronna l'Alpha, un sourire dans la voix. Le contrat est nul et non avenu si la marchandise est défectueuse. Tu n'obtiendras rien, Carson. Elle sera marquée et envoyée dans la garenne, et tu sortiras d'ici reconnaissant d'être toujours en vie.

Non ! Ignorant ses muscles endoloris et la douleur palpitant dans son entrejambe, Wren se précipita vers son père et entoura sa jambe de ses bras. S'aidant de signes frénétiques, elle implora sa clémence.

Il baissa les yeux vers son enfant pâle aux yeux violets et, impassible, lança :

— J'aurais dû t'euthanasier à la naissance.

Téléchargez MARQUÉE PRISONNIÈRE dès maintenant !

Addison Cain

Auteure de best-sellers figurant sur la liste de USA
TODAY et parmi la liste des 25 auteurs les plus vendus
sur Amazon, Addison Cain est mieux connue pour ses
romans d'amour noir, son Omegaverse torride et ses
univers extraterrestres originaux. Ses anti-héros ne sont
pas toujours rachetables, ses héroïnes sont toujours
farouches, et les apparences, toujours trompeuses.

Profonds et parfois déchirants, ses romans ne sont pas pour
les âmes sensibles. Mais ils conviennent justement à ceux
qui apprécient les mauvais garçons, les alphas agressifs et
un soupçon de violence dans un baiser.

Visitez son site web :

addisoncain.com

Abonnez-vous à la newsletter d'Addison Cain.

Amazon : amzn.to/2ryj4LH

Goodreads : www.goodreads.com/AddisonCain

Offres Bookbub : www.bookbub.com/authors/addison-
cain

Page Facebook de l'auteure :
www.facebook.com/AddisonlCain/

Ne manquez pas ces titres excitants d'Addison Cain !

Le fil d'or

Série Le chant de Wren :
Marquée prisonnière
Prisonnière silencieuse
Prisonnière brisée
Prisonnière profanée

Série L'empire d'Irdesi :
Sigil : Tome un
Sovereign : Tome deux
Que : Tome trois (à paraître)

Série La revendication de l'Alpha :
Née pour être liée
Née pour être brisée
Renaissance
Dérobée
Corrompus (à paraître)

Duo Illusion de lumière :

Un avant-goût du soleil

Un coup dans le noir

Roman d'amour historique :
La face cachée du soleil

Horreur :

Catacombes

La reine blanche
Immaculée